FRIEDERIKE SCHMÖE

Die Pfefferkuchenfrauen

GEHEIMNISSE IM ADVENT Fünf Freundinnen bereiten sich auf Weihnachten vor. Es wird gekocht und gebacken, dekoriert und geratscht. Die Frauen teilen Freuden, Genüsse und Sorgen: Ob betrügerische Anrufe, Pannen beim Online-Banking, die leidige Frage nach dem passenden Weihnachtsgeschenk oder die Sorge um Familie und Freunde – immer helfen sie sich gegenseitig, bis Ro einen zerstörerischen Konflikt mit Tamara vom Zaun bricht und ihre jahrzehntelange Freundschaft in Frage steht. Wissen die Freundinnen wirklich alles voneinander? Ines versucht, die Clique zusammenzuhalten, während ihr einziger Verwandter und Lieblingscousin Leo sich einer schweren Operation unterziehen muss. Tamara wiederum erträgt von heute auf morgen ihren Job nicht mehr. Ihre Nichte Sina versucht, Ines ihre geliebten Rezepte abzuluchsen und sie als Kochbuch zu vermarkten, was Ines ablehnt. Und Katie hütet ein Geheimnis, von dem auch ihre besten Freundinnen nichts ahnen …

© privat

Geboren und aufgewachsen in Coburg, wurde Friederike Schmöe früh zur Büchernärrin – eine Leidenschaft, der die Universitätsdozentin heute beruflich nachgeht. In ihrer Schreibwerkstatt in der Weltkulturerbestadt Bamberg verfasst sie seit 2000 Kriminalromane und Kurzgeschichten, gibt Kreativitätskurse für Kinder und Erwachsene und veranstaltet Literaturevents, auf denen sie in Begleitung von Musikern aus ihren Werken liest. Ihr literarisches Universum umfasst unter anderem die Krimireihen um die Bamberger Privatdetektivin Katinka Palfy und die Münchner Ghostwriterin Kea Laverde.

FRIEDERIKE SCHMÖE

Die Pfefferkuchenfrauen

Ein literarischer Adventskalender in 24 Geschichten

GMEINER

FSC
www.fsc.org
MIX
Papier | Fördert gute Waldnutzung
FSC® C083411

Besuchen Sie uns im Internet:
www.gmeiner-verlag.de

Im Ehnried 5, 88605 Meßkirch
Telefon 07575/2095-0
info@gmeiner-verlag.de

1. Auflage 2025

Lektorat: Claudia Senghaas, Kirchardt
Herstellung: Mirjam Hecht
Umschlaggestaltung: U.O.R.G. Lutz Eberle, Stuttgart
unter Verwendung eines Fotos von: © Illustration Lutz Eberle mit Elementen von KatyaKatya / stock.adobe.com
Druck: CPI books GmbH, Leck
Printed in Germany
ISBN 978-3-8392-0866-3

Personen und Handlung sind frei erfunden.
Ähnlichkeiten mit lebenden oder toten Personen
sind rein zufällig und nicht beabsichtigt.

1.

Der erste Dezember. Ein Tag, der mit blauem Himmel begonnen hat und sich nun zuzieht. Ich kann dabei zuschauen. Die Wolken fegen über den Himmel und ballen sich zu immer dickeren grauen Knäueln. Wetterballett.

Vor ein paar Tagen hat das Nürnberger Christkind den Christkindlesmarkt mit seinem berühmten Prolog eröffnet. Traditionsgemäß gehe ich mit Fini und Leo am ersten Dezember hin. Da ist noch nicht zu viel los. Je näher Weihnachten rückt, desto mehr Menschen tummeln sich zwischen den Ständen. Gerade, als es anfängt zu graupeln, schlüpfe ich in meine Stiefel. Nur nicht die Pfefferkuchen für Leo vergessen. Er liebt meine Pfefferkuchen. Jedes Jahr backe ich ausschließlich Pfefferkuchen. Sie sind schneller und einfacher zu backen als alles andere. Ich habe eine Schwäche für die mit Mandeln obendrauf. Ohne Zuckerguss. Dafür mit viel Honig und einem Teelöffel löslichem Kaffeepulver drin.

Ich schnappe mir den Stoffbeutel mit dem Weihnachtsproviant für meinen Lieblingscousin und seine Frau. Überprüfe, ob ich die Kerze auf dem Adventskranz tatsächlich ausgeblasen habe. Verlasse das Haus. Der Graupel hat aufgehört. Ich atme tief die feuchtkalte

Luft ein, die nach Winter riecht und nach mehr Niederschlag. In den Fenstern der Nachbarn blinkt bereits die Weihnachtsdeko.

Wir treffen uns an der Lorenzkirche. Fini sehe ich schon von Weitem. Sie trägt eine rote Mütze und einen ebensolchen Schal. Sie ist klein, quirlig, fast 20 Jahre jünger als Leo; reicht ihm gerade bis zur Brust. Ein fröhliches Energiebündel.

»Ines!« Sie winkt. »Wir sind hier!«

Als könnte ich die beiden übersehen! Leo ist eine so lange Latte, dass er sich zu mir herunterbeugen muss, um mich auf die Wange zu küssen. Auf dem Rücken trägt er einen Rucksack.

»Du siehst gut aus!« Er betrachtet mich wie ein besonders liebgewonnenes Schmuckstück.

Was man von ihm nicht sagen kann. Er ist fahl im Gesicht, die Wangen sind eingefallen. Er ist krank und er weiß es.

»Wie geht es den Kindern?«

»Gut«, antwortet er, »alle sind gesund. Und was mit mir wird, das werden wir ja sehen.« Er packt mich an den Schultern, hält mich von sich weg. »Schau nicht so erschrocken. Krankheiten fressen einen Alten nicht mehr auf, sie nagen nur noch an ihm. Es gibt Medikamente, Therapien, Hormone, Bestrahlung.«

Ich spüre Finis Blick auf mir. Obwohl ich nicht hinsehe, kann ich förmlich spüren, wie sie die Augen verdreht. Leo hätte sich schon im Sommer einer Operation unterziehen sollen, hat sie jedoch immer wieder hinausgezögert.

»Hier sind die Pfefferkuchen für euch.« Ich reiche Fini meinen Beutel.

»Du bist ein Schatz!« Sie schaut hinein. »Du weißt gar nicht, wie sehr wir deine Pfefferkuchen lieben. Die werden nicht lange vorhalten, was, Leo?«

Mein Lieblingscousin lacht. Als junger Mann lebte er mit seiner Familie eine Weile in den USA. Als Telefonieren noch teuer war und Briefe eine Woche brauchten. Mindestens.

»Weiß du noch, wie du uns Carepakete mit deinen Pfefferkuchen nach Minnesota geschickt hast? Und die tollen bunten Marken auf deinen Briefen? Du hast immer extra farbenfrohe ausgesucht.«

»Sondermarken«, sage ich.

»Ja, Sondermarken.« Er lächelt.

Fini hakt sich bei mir unter. »Lasst uns gehen, es wird kalt, wenn man so dumm herumsteht.« In Wirklichkeit ist sie nervös. Irgendwas in Fini vibriert immer. Als stünde sie unter Strom. Wir spazieren Richtung Hauptmarkt, wandern an den bunt dekorierten Süßigkeitenständen vorbei. Nürnberger Lebkuchen allüberall. Der Exportschlager der Stadt. Zusammen mit den Bratwürsten.

»Die Sachen hier werden jedes Jahr teurer. Unglaublich.« Fini drückt meinen Arm. »Wer soll das noch zahlen? Die Touristen? Die Süßigkeiten schmecken ja lecker, aber deine Pfefferkuchen sind dagegen die Crème de la Crème. Du backst und kochst so gut – hast du nie daran gedacht, beruflich was daraus zu machen?«

»Nein, Fini. Ich habe meine Familie bekocht, bis …«

Der Druck ihrer Hand wird stärker.

»Und dabei belasse ich es.«

»Wie schade, dass du nicht mehr arbeitest.«

Ich zucke die Achseln. Meine frühere Stelle in der Verwaltung eines Gymnasiums hat mich nicht erfüllt. Und später, als der Unfall … Doch ich will nicht über mich reden. Senke die Stimme und flüstere: »Wie geht es mit Leo weiter?«

»Am 10. muss er in die Klinik. Zur Voruntersuchung. Dann heißt es warten. Wahrscheinlich bekommt er noch vor Weihnachten einen Termin für die OP.«

Ich schwitze Angst aus. Ich habe zu viele Menschen verloren. Diesen Cousin will ich nicht hergeben.

»Das geht jetzt wirklich schnell.«

»Sein Arzt hat Tempo gemacht.«

»Was tuschelt ihr zwei denn?« Leo drängt sich zwischen uns. Über uns der Willkommensgruß zum Christkindlesmarkt. Die Dunkelheit bricht bereits herein, von Minute zu Minute glitzert die Weihnachtsdekoration heller. Viele Menschen sind unterwegs, schießen Selfies, essen und trinken etwas. Wir wandern über die Museumsbrücke. Die Stadt funkelt vor Lichtern und Farben. Mir fällt auf, wie lange ich nicht mehr in der Altstadt war. Im Hintergrund thront die Burg, ein Besuchermagnet. Wann habe ich zuletzt dort oben gestanden und auf Nürnberg geblickt? Unser Sohn muss noch klein gewesen sein. Ewig her. Mein Leben ist in Stücke gebrochen, und die Burg steht immer noch.

Fini lässt meinen Arm los. »Ich habe Ines nur von unseren Plänen für Weihnachten erzählt.«

»Weihnachten haben wir immer groß gefeiert mit der Familie, nicht wahr, Fini? Das war was.« Leo zeigt hinüber zum Heilig-Geist-Spital. »Schau, ist das nicht ein erhebender Anblick? Bei Gebäuden ist man vom Alter angetan. Anders als bei Menschen, an denen muss alles möglichst taufrisch sein.«

»Oder gebotoxt.« Fini rammt die Fäuste in die Manteltaschen. »Es war höllisch anstrengend, an Weihnachten alle bei uns zu haben. Dazu meine Schwester mit ihrer Familie. Was für ein Umtrieb! Ich habe fast einen Monat gebraucht, um mich davon zu erholen.«

»Die Kinder sind rührend besorgt«, fährt Leo fort. »Sie wollen, dass wir zu ihnen kommen. Damit wir nichts vorzubereiten haben. Ich habe abgesagt. Bleibe lieber zu Hause, mit Fini. In entspannter Zweisamkeit.«

»Diese Hard-Core-Besuche würden wir gar nicht mehr durchhalten.« Fini schnaubt.

Ich bin überrascht, dass die beiden so schnell und offen von ihren Sorgen reden. Bisher hielten sie mit Leos Krankheit hinter dem Berg. Alles musste ich aus ihnen herauskitzeln.

»Für Fini ist es schwer. Sie hat Angst um mich, will es aber nicht zeigen«, wispert Leo mir zu. »Sie ist mein Fels in der Brandung.«

»Ja, ich kenne sie genauso.« Eine Person, der man Sorgen nicht anmerkt. Die in die Hand nimmt, was getan werden muss. Sich für nichts zu schade ist.

Wir erreichen den Hauptmarkt. Stand an Stand ist hier quasi über Nacht eine kleine Stadt in der Stadt aus dem

Boden gewachsen. Weihnachtslieder zirpen aus Lautsprechern. Es duftet nach Glühwein, Orangen, nach Süßem und nach Bratwurst. Alles zugleich. Ich liebe dieses Aroma. Mein Weihnachtsaroma, das ich seit meiner Kindheit kenne.

»Wir sind oft zusammen hergekommen, nicht wahr?« Ich lehne meinen Kopf kurz an Leos Arm. Bis zu seiner Schulter reiche ich nicht hinauf.

»Deine Eltern haben dich nur zum Christkindlesmarkt gelassen, wenn ich dabei war.« Er sagt es so stolz, als sei es eine Ehrenauszeichnung, derjenige zu sein, der auf mich aufpassen musste.

Wir schlendern zwischen den Buden entlang, bereits heute drängen sich die Besucher. Wie jedes Jahr versuche ich zu erraten, wo sie herkommen. Ist es nur die Berühmtheit dieser Kulisse, die sie angelockt hat?

Ich lausche dem Mischmasch an Sprachen und Dialekten, kaufe ein paar Süßigkeiten und Kerzen für den Adventskranz. Fini vergleicht die Zwetschgenmännle an einem Stand. Die schiere Vielfalt bringt mich zum Schmunzeln.

»Was meint ihr: Gitarrist oder Koch?« Sie hält zwei Figuren hoch.

»Der Gitarrist sieht ziemlich nach Hippie aus«, grinst Leo.

»Ja, und? Das Dörrpflaumengeschöpf ist für meine Freundin in Hamburg. Sie spielt Gitarre und kocht gern. Also: Was meint ihr?«

Weder Leo noch ich sind imstande, eine Empfehlung abzugeben. Schließlich kauft Fini beide. Während sie den Geldbeutel aus der Handtasche sucht, sagt Leo eilig zu mir:

»Irgendwie müssen Fini und ich zu einer neuen Stabilität finden. Die Diagnose hat uns ziemlich aus dem Gleichgewicht gebracht. Du kennst Fini. Sie hat gute Nerven. Aber auf einmal rutschte sie richtig ab. Zum Glück hat sie sich wieder gefangen. Sie strengt sich an. Für mich.«

Fini rutschte ab? Unvorstellbar. Fini hat Kraft für drei.

»Wir brauchen jetzt einfach Klarheit. Wie es weitergeht, verstehst du, Ines?«

Ich nicke, ich verstehe. Klarheit schadet nie. Besser als ein Schlamm aus Vielleichts und Wenns und Danns. Ich will sagen, es tut mir leid für euch, ihr seid so ein tolles Paar. Doch meine Stimme versagt. Angestrengt beobachte ich, wie Fini ihr Wechselgeld einsteckt.

»Ich möchte, dass wir die gemeinsame Zeit genießen.« Leo nimmt seiner Frau die Tüte mit den Zwetschgenmännle ab. Er ist jetzt sehr blass.

»Lasst uns einen Kaffee trinken gehen«, schlage ich vor. Plötzlich bekomme ich Kopfschmerzen. Die Angst um Leo bedrückt mich fast körperlich. Weihnachtsdüfte und Musik sind mir schlagartig zu viel. Ich will aus dem Gedränge raus.

Fini nickt. »Guter Plan.«

Sie lotst uns zu einem kleinen Café an der Pegnitz. Die Scheiben sind beschlagen, es ist knallvoll. Fini gelingt es, einen Tisch ganz hinten für uns zu erobern.

»Meinst du, wir bekommen weiße Weihnachten?«,

frage ich Leo. In der Vorweihnachtszeit stellt man solche Fragen. Letztlich habe ich vor langer Zeit aufgehört, mich für das Wetter zu interessieren, es wird ohnehin, wie es wird. Schlagartig ist mir heiß. Nicht nur von dem Getümmel im Café und der abgestandenen Luft. Sondern weil mir erst in diesem Augenblick bewusst wird: Leo kämpft um sein Leben. Dieser Advent, dieses Weihnachten könnte sein letztes sein.

»Ich würde mich freuen, weißt du. Über weiße Weihnachten.« Er nickt mir zu. »Plötzlich sind mir so banale Dinge wichtig. Vielleicht, weil es etwas mit der Stimmung zu tun hat, oder? Hauptsache, die Stimmung passt. Wenn alle gut gelaunt sind, kannst du auftischen, was du willst. Du kannst billiges Bier aus der Flasche trinken. Butterbrote essen. Egal.«

Leo rückt umständlich den Stuhl für mich zurecht. Fini ist schon unterwegs zur Theke, um unsere Bestellung aufzugeben. Leo nimmt den Rucksack ab. Nestelt am Verschluss, bis er endlich eine bunt bedruckte Tüte herauszieht, in der es verdächtig klirrt. Drei Flaschen Rotwein.

»Danke, Leo. Nur: Ich trinke doch nicht.«

»Rotwein trinken ist nicht trinken. Es ist Lebensgefühl. Lade deine Freundinnen ein. Du hast doch so eine nette Clique. Wie habe ich euch früher immer genannt? Die Pfefferkuchenfrauen?«

Ich muss lächeln.

»Ja, das stimmt.«

»Macht euch einen schönen Abend. In diesen Flaschen wartet die Sonne Italiens auf euch.«

»Der Wein stammt von dem Gut, wo ihr ein paarmal Ferien gemacht habt, oder?«

»Ja. Wir hatten wieder einen Urlaub geplant. Nächstes Jahr zu Ostern. Wird wohl nichts mehr werden.«

Er hebt die Hand, als ich widersprechen will. Dabei wirft er mir einen warnenden Blick zu. Fini kommt mit einem Tablett.

Ich trinke meinen Cappuccino in kleinen Schlucken. Will diese gemeinsamen Minuten auskosten. Die Begegnung mit Leo zieht mich in so viele Erinnerungen hinein. Unsere wortlose Verständigung, schon als Kinder. Leo, der Große, ich, die Kleine. Die ihm nacheiferte, ihn bewunderte. Die wie er sein wollte.

Es wird immer voller im Café. Das Stimmengewirr schwillt an, mir tränen die Augen von der trockenen Luft. Als wir aufbrechen, ist Leos Tasse noch halb voll.

Die beiden begleiten mich zur U-Bahn. Leo ist müde, hat Schwierigkeiten, die Augen aufzuhalten. Ich drücke ihn so lange, wie ich es gerade noch schaffe, ohne zu weinen anzufangen.

Sie winken mir nach, als ich die Rolltreppe hinunterfahre, die schwere Tüte mit den Weinflaschen in der Hand. Die Bahn fährt ein. Ich setze mich auf einen frei werdenden Platz, greife nach dem Handy und checke meine Nachrichten-Apps. Brauche Ablenkung, eine Erdung meiner Gedanken weit weg von Leo. Ich will ihn vergessen, nur für ein paar Minuten, bis ich zu Hause bin, wo ich ungestört weinen kann. Doch was ich da lese, bringt mich erst recht zum Verzweifeln. Kriege, Anschläge, Hungersnöte, Umstürze. Ich stecke das Handy weg. Ein kleiner Junge sitzt mir auf dem Schoß seiner Mutter gegenüber. Sie studiert einen Kassenbon, er mein Gesicht. Ich zwinge ein Lächeln auf meine Lippen.

Na also. Geht doch.

2.

Tamara klingelt. Wie üblich drückt sie zweimal ganz kurz auf den Klingelknopf. Ihr Zeichen. Ich sehe ihr zu, wie sie leichtfüßig die Treppe heraufkommt. Tamara ist jemand, der Ruhe und eine stets gleichbleibende Freundlichkeit mitbringt. Alle sind eingenommen von ihrem leisen, verhaltenen Lächeln.

»Komm rein, meine Liebe.«

Wir küssen uns auf die Wangen. Ich nehme ihr den Mantel ab. Sie streift die Mütze vom Kopf und fährt sich durch das stoppelkurze Haar, bevor sie mir in die Küche folgt.

Dort legt sie ihre Tasche auf die Küchenbank. Ihre riesige, bauchige, mit goldenen Tressen besetzte Tasche aus weichem Lederimitat. Wir Mädels fragen uns, was sie darin transportiert. Tamara ist vernarrt in Taschen. In Rucksäcke, in Aktenmappen. Sie besitzt eine schier unendliche Sammlung. Katie meint, es könnte damit zusammenhängen, dass es ihr wichtig ist, einen Teil ihres Besitzes immer bei sich zu haben.

»Du machst dir keine Vorstellung, was heute im Kindergarten los war!« Sie fischt eine Zigarettenschachtel aus ihrer Tasche. »Ich meine, ich bin die Leitung. Ich muss es ja wissen. Und da gibt es Kinder, mit denen kannst du nichts anfangen. Da kommt alle Pädagogik zu spät. Die sind so daneben. Und die Eltern erst! Ich meine, den Kindern kannst du den Wahnsinn ja nicht anlasten. Hast du Kaffee?«

Klar habe ich Kaffee. Ich habe immer Kaffee. Kaffee ist die Komponente meines Haushalts, die unter Garantie nicht ausgeht. Niemals. Und weil ich gern Milch im Kaffee habe, geht mir auch die Milch nicht aus.

»Warte kurz.« Ich schalte den Wasserkocher ein. Während das Wasser heiß wird, stelle ich einen Teller mit Pfefferkuchen vor Tamara hin. Die bereits ladylike an ihrem Glimmstängel zieht. Ihre Miene hellt sich auf.

»Wahnsinn, meine Lieblingsvariante. Einfach nur mit Mandeln obendrauf. Kein Schnickschnack. Ines, du bist einzigartig.« Sie bricht ein Stück ab, schiebt es sich in den Mund. »Mmmm, köstlich. Sind ganz frisch, oder? Wann hast du gebacken?«

»Vorgestern. Du weißt, Leo und Fini bekommen jeden Advent eine Tüte Pfefferkuchen von mir.«

»Wie geht es Leo?«

»Er wartet auf seine OP.«

Wir schweigen beide kurz. Aus Pietät vielleicht, weil man nicht so locker zum Aufreger des Tages zurückkehren kann, wenn jemand um sein Leben kämpft.

»Wusstest du, dass er uns ›die Pfefferkuchenfrauen‹ nennt?« Ich zünde die Kerze auf dem Adventskranz an.

»Wirklich?«

Mit ihren warmen Augen mustert sie mich. Ich gieße den Kaffee auf. Ihr Blick macht mich nervös. Sie durchschaut mich leicht, ich fühle mich dann nackt und ausgesetzt und bin bereit, zu flüchten. In ein anderes Thema, ein neues Gespräch. Irgendeine belanglose Konversation, die möglichst nichts mit mir zu tun hat.

Als der Kaffee in Tamaras Tasse dampft, sie Zucker hineinstreut und rührt, greift sie das Tagesthema wieder auf.

»Da ist so ein kleiner Rabauke. Ted. Ein Bürschchen, sage ich dir. Keine vier Jahre und schon der Gangsterboss. Was willst du da machen? Keine Erziehung. Was die Eltern ihrem Sprössling vorleben, weiß ich nicht und will ich auch nicht wissen. Ich sehe nur die Früchte ihres Tuns beziehungsweise Nichtstuns. Heute also pinkelt Ted auf ein anderes Kind. Auf Vincent. Das ging so: Vincent ist hingefallen. Er hat daraus ein großes Trara gemacht, damit auch jeder merkt, wie sehr er leidet. Dabei ist – natürlich – nichts passiert.« Tamara leert ihre Tasse in einem Zug.

Ich staune, wie sie es schafft, so schnell zu reden, zu trinken, zu essen und zu rauchen.

»Na ja, und wie Vincent so vor ihm liegt, macht unser Ted die Hose auf und …« Tamara hebt beide Hände, sieht mich an, als wollte sie fragen: Genügt das? Brauchst du noch mehr?

»Um Gottes willen!«

»Du sagst es.«

»Und ausgerechnet Vincent …«, murmele ich.

»Genau. Der Enkel von unserer Ro. Muss ich etwas hinzufügen? Muss ich das, Ines? Stefanie, ihre Schwiegertochter, hat vorhin beim Abholen eine Riesenszene gemacht. Wir haben uns natürlich um Vincent gekümmert, ihn getröstet, die Kollegin hat sich den kleinen Rüpel vorgeknöpft. Wir haben Vincent neue Sachen angezogen und die alten in die Waschmaschine geworfen, die waren noch im Trockner, als seine Mutter ihn abholen kam. Sie hat sofort den Säbel gezückt. Ist auf mich losgegangen wie eine Furie. Sie hat dermaßen geschrien, dass ihr die Tränen aus den Augen gespritzt sind. Gespritzt, sage ich dir. Ich konnte sie überhaupt nicht mehr beruhigen. Es war nicht möglich, ein Gespräch mit ihr zu führen. Sie will mich verklagen, denn ich bin für diesen Kindergarten verantwortlich, in dem manche Bälger ihre vulgären, kranken, pathologischen – das hat sie gesagt, Ines, pathologischen – Neigungen ausleben. Meine Güte, diese Frau ist nicht sauber. Von allen guten Geistern verlassen. Ich weiß ja, dass Ro sie nicht mag, sie verabscheut ihre Schwiegertochter. Den Jungen allerdings vergöttert sie.«

Ich unterdrücke ein Lächeln. Ro und Tamara gehören zu meinen ältesten Freundinnen. Ich kenne sie durch und durch. Wir haben als Studentinnen in den Bergen gecampt, sind per Autostopp durch Europa gegondelt und haben uns in allen Ferien mindestens einmal schockverliebt. Nichts kann uns trennen.

»Tja, und deshalb … ich bin gespannt, wie Ro das sieht. Ob sie vorsichtig auf ihre durchgedrehte Schwiegertochter einwirkt, damit man vernünftig mit ihr reden kann, oder ob sie sich gleich auf ihre Seite schlägt. Was meinst du? Ich tippe auf Letzteres. Das wird lustig. In dem Fall wird Ro mich so klein mit Hut sehen wollen.« Tamara hält Daumen und Zeigefinger ungefähr einen halben Zentimeter auseinander. »Verdammt, Ines, ich habe richtig Bammel davor.«

»Du kannst doch nichts dafür. Ich meine, das ist keine Lappalie, aber Kinder machen nun mal Blödsinn.«

»Ich leite den Kindergarten, und das hat dieser Hyäne genügt, um mich zur Schnecke zu machen. Sie war drauf und dran, ein paar Stücke Fleisch aus mir rauszureißen, glaub mir, Ines.«

Tamara stippt ihre Kippe in den Aschenbecher und redet eifrig weiter. Sie ist eine unterhaltsame Frau, die Qualitäten als Entertainerin mitbringt. All ihre Geschichten sind gleichzeitig lustig und traurig, verrückt und tiefgründig. Keine Anekdote, die nicht auch eine wichtige Frage aufwerfen würde. Tamaras Erzählungen sind das, was man im Amerikanischen »a good story« nennt.

»Ich musste sie von Teds Mutter trennen, die wenige Minuten später aufgekreuzt ist. Das war wie ein Boxring. Anders kann man diese Situation nicht nennen. Womöglich hätte ich sie aufeinander losgehen lassen sollen. Dann hätten wir jetzt zwei Waisenkinder mehr auf der Welt.«

»Halbwaisen.«

Tamara winkt ab. »Pah! Wer braucht denn Väter! Schau dir Ros sauberen Sohn an. Glänzt durch Abwesenheit. Und der Erzeuger von diesem Ted ist auch hinter jedem Rock her, wie man so hört. In unserer Stadt bleibt nichts verborgen, Ines. Hast du noch Pfefferkuchen?«

Ich reiche ihr die Dose und frage mich, ob Tamara desillusioniert ist. Oder nur realistisch.

»Ich denke, du solltest noch einmal backen, meine Liebe.« Tamara schnappt sich den letzten Pfefferkuchen. »Wir treffen uns doch am Nikolaustag bei dir? Wir alle? Wie immer? Bevor es ernst wird mit den Vorbereitungen? Keine von uns möchte die liebe Familie schließlich an Weihnachten darben lassen.«

Ich stehe auf, hole eine weitere Keksdose aus dem Schrank.

»Pfefferkuchen habe ich genug. Schau mal. Und ja, das Nikolaustreffen findet statt. Wie jedes Jahr.«

3.

Auftritt Ro. Sie hat mich gestern angerufen, kaum dass Tamara in die Winternacht entschwunden war, um mir alles über die Demütigung zu erzählen, die ihr Enkel Vincent in Tamaras Kindergarten erlitten hat. Heute erscheint Ro persönlich.

Die Wohnungstür fliegt auf und sie schreitet herein. Eine Diva, die sich in einen dunkelblauen Poncho gehüllt hat, weil es draußen windig ist und der Wind vielleicht Schnee mitbringt. Um ihren Kopf hat sie ein gelbes Tuch geschlungen. Gelb ist Ros Lieblingsfarbe. Wann immer ich verreise, bittet sie mich, ihr etwas in Gelb mitzubringen.

»Diese Dame!« Ro stürmt in die Küche, wie ein Pfeil schießt sie auf die Eckbank zu. »Diese Dame!« Aus Ros dunkelgrünen Augen schießen Flammen. Ich liebe meine Freundin. Ich rieche den Ärger und den Zorn, aber ich liebe sie von Herzen. Wir haben uns in der Uni kennengelernt. Am ersten Studientag. Sie war bereits im fünften Semester und ich fing gerade mit dem Studieren an. Hatte keinen Plan, keine Vorstellung von dem, was ich eigentlich tat. Ich verlief mich mehrmals am Tag in dem riesenhaften Gebäude, kam zu spät zu den Seminaren und traute mich nicht, ältere Studenten anzusprechen und sie um Hilfe zu bitten. Ro erfasste meine Misere mit einem Blick. Sie sah in mir das, was sie selbst ein paar Jahre zuvor gewesen war: ein hilfloser Neuling. Ro ist hochgewachsen und stattlich, ich bin klein und schmal. Sie hat mich in die Tasche gesteckt. Und bei allem, was in unseren Leben ab diesem Zeitpunkt geschah, standen wir einander bei.

Deswegen komme ich nicht umhin, sie zu lieben. Auch wenn mich ihr Zorn ängstigt.

Und Ro brennt. Flammen züngeln um sie herum, ihre Worte sind heiß wie Glut. Sie, die mit Tamara beinahe so lange befreundet ist wie mit mir, knistert vor Wut. Ihr Gesicht wird rot. Das Kopftuch sitzt auf ihrem Kopf wie eine Feuersbrunst. Ich fülle meine Lieblingskaraffe aus blauem Glas mit Wasser, stelle sie auf den Tisch, zwei Gläser dazu. Ro schenkt sich sofort ein.

»Sie hat ihre Aufsichtspflicht verletzt. So nenne ich das. Sie hat die Leitung, sie muss ihre Leute im Griff haben. Absolut herabwürdigend für ein Kind, bepinkelt zu werden. Das ist doch nicht einfach ein Dummejungenstreich! Sie kann sich nicht damit rausreden, dass dieser Ted, dieser Wüstling, nicht in ihrer Gruppe ist.« Ro spuckt das Wort »Wüstling« mit einem Furor aus, wie nur sie es kann. Sie dehnt die Silben in die Länge und formt mit Leidenschaft jeden einzelnen Konsonanten. »Ich kann nicht zulassen, dass mein Vincent in einen Kindergarten geht, wo sie die Kleinen nicht unter Kontrolle haben. Stell dir vor, Ines, zu unserer Zeit, hätte es so etwas gegeben? Dass ein Kind ein anderes bepinkelt? Ich muss es so drastisch ausdrücken. Wo willst du hin?«

»Kaffee machen.«

»Gut, gut. Gute Idee.« Ich gehe ein paar Schritte zum Wasserkocher. Die winzige Distanz gibt Ro die nötige Zeit zum Durchatmen. Sie nestelt am Verschluss ihres Ponchos und wirft ihn hinter sich, über die Lehne, wo er langsam zu Boden rutscht. Ro achtet nicht darauf. Ich gieße Kaffee auf und lege Pfefferkuchen auf den Teller.

»Ich liebe diese Pfefferkuchen, Ines.« Sie greift zu, kaut, trinkt einen Schluck Wasser, schnappt sich den nächsten. »Wie geht es Leo?«

»Er wartet auf seine Operation.«

Ro sieht mir tief in die Augen. »Das wird schon. Er wird nicht gleich das Zeitliche segnen. Heutzutage können die so was.«

Ich nicke, weil ich weiß, dass sie recht hat, aber weil ich auch weiß, wie Dinge schiefgehen können. Dass Operationen glücken, die Patienten dennoch sterben – altbekannt. Jetzt will ich das Gespräch lieber in eine andere Richtung lenken.

»Tamara«, beginne ich.

Ro explodiert. Sie schnappt sich die Kuchengabel, die ich neben ihrem Teller positioniert habe, und sticht auf die Serviette ein. »Diese Dame! Sie kann sich auf etwas gefasst machen. Ich werde ihr einmal, ein einziges Mal, meine Meinung auseinandersetzen. Sie muss sich entschuldigen. So geht das nicht. Solche, solche, solche Auswüchse«, sie macht eine Kunstpause, »kann ich nicht dulden. Mag sein, dass sich die Zeiten geändert haben, trotzdem. So geht das nicht.«

Vor meinem Küchenfenster steht eine Baumreihe. Kahl, jetzt im Winter. Und nass vom Dunst in der Luft und der Kälte. Dahinter befindet sich das Schulzentrum mit Sporthalle und Fußballplatz. Jeden Tag sehe ich die Schülerinnen und Schüler morgens hineinstürmen. Durch die Gänge rennen. Im Sommer, wenn die Fenster geöffnet bleiben, wohne ich dem Musikunterricht bei. Ich höre Klavierspiel und Gesang und kriege auch mit, wenn die Kinder auf dem Bolzplatz spielen. Ich mag das. Es gibt mir das Gefühl, auf eine versteckte Weise am Leben teilzunehmen, obwohl ich die meiste Zeit allein bin. Einsamkeit macht mir weniger aus, wenn ich einfach hier sitzen und am Kaffee nippen, ein Stück Kuchen essen und die Schüler hören kann. Sobald die Bäume belaubt sind, dringen nur noch die Geräusche durch. Ich wohne im dritten Stock. Wenn ich mich vom Balkon hinunterbeuge, sehe ich manchmal ein paar Schüler heimlich an der Hausecke rauchen.

Einmal ist eine Drohne gegen mein Küchenfenster geflogen. Das Ding kullerte verbogen auf meinen Balkon. Ich ging damit zur Direktorin der Schule. Sie fanden heraus, wer die Drohne auf mein Haus ausgerichtet hat. Anscheinend ein paar ältere Jungs, die Fotos von den Bewohnern in unserem Block schießen wollten. Ich fragte die Direktorin, was sie denn meinten, zu sehen zu bekommen: eine alleinstehende Frau in einer Küche, die in der Suppe rührt? Ich fand den Vorfall eher drollig als bedrohlich, wenngleich meine Freundinnen wochenlang diskutierten. Von wegen Verletzung der Privatsphäre. Man würde ja immer wieder hören, wie solche illegal gefilmten Clips, die Menschen in kompromittierenden Situationen zeigen, im Internet ausgeschlachtet würden. Ich winkte nur ab. Zwar kam mit ihren Unkenrufen der Schreck – an das Internet hatte ich gar nicht gedacht. Doch zugleich spürte ich auch, dass es mir gleichgültig war.

»… muss man sich nicht gefallen lassen. So etwas nicht!« Ros Faust donnert auf den Tisch.

Mit einem kleinen Hüpfer kullert die blaue Karaffe zu Boden. Ich sehe zu wie einer Zeitlupenübertragung. Sehe Ros erschrockenes Gesicht, wie sie versucht, die Karaffe zu halten, und höre im selben Moment, wie das Glas zerplatzt.

»Um Himmels willen!« Ro kniet schon am Boden. »Kann man das kleben, Ines?«

Sie ist ganz starr vor Schreck.

»Kann man nicht, fürchte ich.« Gut, ich mochte diese blaue Karaffe, weil ich eine Vorliebe für genau dieses Blau habe. Doch im Vergleich zu zerbrochenen Freundschaften sind die Scherben irrelevant. »Warte, ich hole die Kehrschaufel.«

Ro rührt sich nicht, als ich die Überbleibsel zusammenfege. Ich kenne sie, sie schämt sich. Es ist ihr peinlich, sie leidet mit mir. Dabei wird sie immer ganz ruhig, einer Schildkröte gleich, die sich in ihrem Panzer versteckt.

»Tut mir so leid!«, flüstert sie, als ich die Scherben in den Mülleimer kippe.

»Es ist nicht schlimm, Ro. Wirklich nicht.«

Ich gieße Kaffee ein. Wir schweigen eine Weile. Ro muss sich von dem Attentat auf die Karaffe erholen. Mag sein, dass ich sie jetzt, wo der Schreck sie verwundbar gemacht hat, auf den richtigen Pfad zurückbringe.

»Du kennst Tamara«, sage ich. »Sie ist herzensgut. Wir sind schon so lange befreundet.«

»Befreundet! Auf eine solche Freundin pfeife ich!« Ro findet in ihren Ausgangszustand von dunkelroter Rage zurück. Sie beißt in einen Pfefferkuchen, Krümel spritzen in alle Richtungen. Ihr Gesicht ist rot wie ein Hummer, ihre Hände zittern, als sie nach der Tasse greift. »Ich habe ihr vertraut. Ich habe meiner Schwiegertochter zugeredet, den Kleinen in Tamaras Kindergarten unterzubringen. Und nun das. Und nun das, Ines! Sie kann das nicht einfach entschuldigen. Sie darf diesen unartigen Knaben nicht in Schutz nehmen. So wird das nichts. In ihrer Einrichtung müssen andere Seiten aufgezogen werden. Besonders den Eltern gegenüber. Wenn mein Sohn ein anderes Kind im Kindergarten bepinkelt hätte …«

Mich überkommt eine tiefe Mattigkeit. Ich betrachte meine Freundin, während sie weiterschimpft und erregt mit den Armen fuchtelt. So liebe ich sie. Mit dem gleichen Eifer würde sie *für* jemanden kämpfen. Auch für mich. In allen Lagen unseres Lebens haben wir einander beigestanden. Ich möchte sie nicht verlieren, niemals. Sie ist krank, ihre Nieren spielen ihr Streiche. Sie hat Probleme mit dem Blutdruck, kein Medikament scheint anzusprechen. Es muss das Temperament sein, denke ich. Da ist ein Heizkessel in ihr drin, ein Vulkan, die Eruptionen machen sie fertig. Es kommt mir vor, als hörte ich sie nicht mehr, ich sehe nur noch ihre energischen Mundbewegungen, das Blitzen in ihren Augen. Ich spüre die Vibration, wenn ihre Hand auf die Tischplatte schlägt. Die Pfefferkuchen sind aufgegessen. Sie hat sie alle vertilgt und in ihrem Zorn nicht einmal geschmeckt. Zwei Empfindungen zugleich – das geht nicht. Entweder man ist wütend oder man schmeckt die Süße des Gebäcks.

Eine Meise hüpft draußen vor dem Fenster auf den Zweigen herum. In Gedanken mache ich eine Notiz: Vogelfutter kaufen.

»Ich hätte jedenfalls nie gedacht, dass so etwas passieren würde. Bei nächster Gelegenheit stelle ich Tamara zur Rede.«

Ich fürchte, die nächste Gelegenheit, das ist unser Nikolaustreffen. Wenn die beiden da aufeinandertreffen … Mir wird leicht übel bei dem Gedanken, dass die Arena in meiner Küche aufgebaut werden wird.

Ro greift an ihre Stirn und zieht das gelbe Tuch herunter. »Mir gehen die Haare aus«, sagt sie unvermittelt. Fährt mit der Hand über ihre Frisur: Das lange Haar ist nach hinten gekämpft, zu einem Zopf gedreht und hochgesteckt. Die Kopfhaut schimmert durch. »Immer mehr. Jeden Morgen habe ich Haare auf dem Kopfkissen. Auf der Kleidung auch. Was meinst du, woran das liegt?«

Ich lege meine Hand auf ihre. Ihre Traurigkeit bricht so plötzlich hervor, dass ich gar nicht anders kann, als sie zu beruhigen.

»Es gibt immer mal solche Phasen. Ich habe das auch«, tröste ich sie und rede Belanglosigkeiten, bis mir nichts mehr einfällt.

»Ich glaube, das ist keine Phase. Das ist die neue Normalität. Bald bin ich kahl, Ines. Bald bin ich kahl.«

4.

Ich bin sehr früh aufgewacht. Überhaupt habe ich schlecht geschlafen, Ros wütender Zank geht mir nicht aus dem Kopf. Immer wieder bin ich hochgeschreckt mit klopfendem Herzen. Wegen dieser grässlichen Geschichte im Kindergarten regt sie sich auf, als gäbe es kein Morgen. Ro, meine liebe Ro. Wie unnötig und zerstörerisch. Ich mache mir Sorgen um sie. Es ist der Kummer, der mich aus dem Schlaf reißt.

Schließlich stehe ich auf, es ist erst kurz vor sechs. In der Schule hinter den kahlen Bäumen brennt Licht. Die Putzkolonne vielleicht. Ansonsten scheint die Stadt noch still. Im Advent steigern sich die Alltagsgeräusche allmählich. Am 4. Dezember wirkt alles noch wie immer, doch alsbald nimmt der Verkehr zu, die Staus werden länger, die Ungeduld größer. Alles wächst: Die To-do-Listen, die Panik, es nicht zu schaffen, das mit Weihnachten, mit den Geschenken, mit der Verwandtschaft. Das mit dem Essen. Das Planen und Einkaufen und Einfrieren und Kochen. Dabei wächst der Unwille. Der Ärger über sich selbst. Warum tun wir uns das jedes Jahr an?

Ich gieße Kaffee auf und stelle mich ans Fenster, die dampfende Tasse zwischen mir und der Welt. Es ist zu dunkel, um wach zu sein, denke ich, doch ich bin hellwach. Meine Lebensphase bringt Schlaflosigkeit mit sich. Als mein Sohn klein war, hatte ich keine Zeit zum Schlafen. Vor allem nicht in der Vorweihnachtszeit. All die Vorbereitungen ... Stets wurde ich gerade so auf den letzten Drücker mit allem fertig. Jetzt bin ich allein, hätte Zeit, mich um Weihnachtsgeschenke zu kümmern. Brauche jedoch keine mehr. Nicht mehr viele zumindest. Bevor die Melancholie mich überkommt, setze ich mich rasch an den Tisch und lege eine Liste an, was ich backen will für den Nikolaustreff. Und nicht nur backen: natürlich auch kochen. Wenn meine Pfefferkuchenfrauen kommen, gibt es eine substanzielle Mahlzeit. Das haben wir immer so gehalten. Ich greife hinter mich. Mein abgewetztes Kochbuch. Die guten alten Rezepte. Abgegriffene, eingerissene Zettel, gesammelt in einem in der Mitte geknickten Pappdeckel. Die Pilzsuppe. Genau das Richtige, um zu starten. Ich notiere die Zutaten. Der Supermarkt um die Ecke öffnet um sieben Uhr in der Früh, ich könnte in einer Stunde den Einkauf erledigt haben. Das gefällt mir – die Außentermine schnell abzuhaken. Mich flott wieder in meinem Zuhause einzuigeln. Anschließend habe ich alle Zeit der Welt. Um vorzubereiten, zu kochen. Alles zu organisieren. Ich notiere: Kartoffeln, Sellerie, Champignons, Zwiebeln, Karotten. Den Knoblauch werde ich keinesfalls vergessen, Knoblauch gehört zu den ganz wesentlichen Dingen, die nicht ausgehen dürfen, komme, was da wolle. Saure Sahne, natürlich. Ich lege den Stift beiseite.

Früher, zu Studienzeiten ... da campte unsere Clique in den Bergen, an einem See, wunderschön gelegen. Es war Privatgrund, irgendjemand aus unserer Runde kannte den Bruder des Besitzers und erwirkte die Erlaubnis. Wochenlang hielten wir in der Wildnis aus. Die Männer fischten und wir Frauen gingen in den Wald, um Beeren und Pilze zu sammeln. Tamara war die Einzige, die nie etwas brachte. Ihr Haar war voller Laub, an ihren Kleidern klebten Kletten. Sie musste durch das dichteste Unterholz gestreunt sein, ohne jemals einen einzigen Pilz oder eine Beere zu finden.

Selbstverständlich foppten wir sie und machten uns einen Spaß daraus, sie aufzuziehen. Mit wem sie wohl im Dickicht gelegen hatte? Schließlich fiel uns auf, dass es ja wohl einer aus unserer Gruppe gewesen sein müsste, denn das nächste Dorf war wirklich weit, und wir hielten fortan den Mund. Das Thema wurde ausgeklammert. Niemand traute ausgerechnet der herzensguten Tamara einen Betrug zu. Wir erkannten blitzartig, dass es einfacher wäre, eine Tratschgeschichte unter dem Deckel zu halten, als die Wahrheit herauszukitzeln. Niemand hatte Interesse an der Wahrheit. Wir putzten die Pilze und wuschen die Beeren, die Ro, Katie und ich gesammelt hatten. Wir angelten im See und brieten die Fische auf dem Feuer. Alle paar Tage fuhren wir in den nächsten Ort, um uns mit Brot, Wein, Bier und anderen Dingen auszustatten. Einer der Männer hatte einen gewaltigen Kochtopf mitgebracht, den wir an einen Dreifuß hängten, über das Feuer. Darin kochte ich eine Suppe aus den Pilzen, die wir im Wald gesammelt hatten. Alle mochten die Suppe. Und irgendwann schrieb ich das Rezept auf.

Ich stelle meine leere Kaffeetasse weg. Ziehe mich rasch an. Im Treppenhaus begegne ich einem Mann, der von seiner Schicht nach Hause kommt, langsam die Stufen hinaufsteigt und, grau vor Müdigkeit, nur mit einem Kopfnicken grüßt. Draußen im Hof stelle ich fest, dass es graupelt. Nasser Schneematsch bedeckt den Asphalt. Unser Wohnblock bildet ein Carré mit drei anderen. An den Ecken führen Zufahrten hinein und hinaus. Hier ist schon allerhand los. Kinder werden zur Schule gescheucht, Erwachsene eilen zur Arbeit. Die Bäckerei am oberen Ende ist hell erleuchtet. Ich meine, den Duft von Brot zu riechen, doch das kann nicht sein. Die Luft ist zu kalt für Düfte. Düfte sind etwas, was der Frühling zurückbringt, und der Frühling ist weit. In den Fenstern blinken Lichterketten. Ein Nachbar hat sogar im Innern seines Autos eine Leuchtschnur installiert, sie schlängelt sich vom Armaturenbrett die Fenster entlang bis zur Rückbank.

Es ist kurz vor sieben, auf der Straße ist es bereits laut und übervoll. Die morgendliche Rush Hour. Busse rauschen durch Pfützen und spritzen Passanten voll mit Schneematsch und Dreck. Ich ziehe die Kapuze über und wate durch den Matsch Richtung Supermarkt.

Drinnen dudelt »Driving home for Christmas«. Meine Brille beschlägt. Ich greife nach einem Korb. Stelle fest, dass ich den Einkaufszettel zu Hause vergessen habe. Aus dem Gedächtnis zähle ich auf, was ich haben wollte. Das ist einfach, wenn es nur um die Suppe geht. Ich erinnere mich zu gut, wie ich in unserem improvisierten Zeltlager kochte. Pilze, Zwiebeln, Kartoffeln, Paprika. Ich betrachte den Inhalt meines Einkaufskorbs. Was fehlt? Knoblauch habe ich zu Hause. Karotten. Natürlich. Der Farbtupfer! Und Sellerie. Fröhlich, weil ich meine Vergesslichkeit ausgetrickst habe, schlendere ich durch die Regalreihen. Greife nach dem einen oder anderen Produkt, um es schnell zurückzustellen. Ich habe noch genügend Vorräte zu Hause. Heute bin ich nur hier, um die Zutaten für die Suppe zu kaufen. Für meine Mädels. Und ich frage mich, wer von beiden absagen wird: Tamara oder Ro.

Als ich bezahlt habe, fällt mir ein: Ich habe die saure Sahne vergessen. Ich bitte die Kassiererin, meine Tasche kurz bei ihr abstellen zu dürfen. Sie nickt gehetzt. Es stürmen Schüler herein, laut, aufgedreht, kaufen Süßigkeiten. Ihnen folgen beinahe lautlos Lehrer, die eine Brotzeit für die Pause brauchen. Ich haste zum Kühlregal, nehme zwei Becher saure Sahne heraus. Ein Junge rempelt mich an. Ein Becher fällt zu Boden und platzt.

Ich bin so baff, dass ich nur dastehe und schaue. Der Junge ist längst weg. Ich hebe den kaputten Becher auf, gehe zum Obst, reiße eine Plastiktüte von der Rolle und lege ihn hinein. Nachdem ich noch einen weiteren Becher geholt habe, gehe ich wieder zur Kasse.

Eine Banalität, ein unnötiges kleines Erlebnis. Dennoch halte ich mit aller Anstrengung die Tränen zurück. Absurd, wegen eines Bechers saurer Sahne zu weinen. Völliger Blödsinn. Wären Ro oder Tamara bei mir gewesen – ich hätte einfach nur abgewunken. Kann passieren. War bestimmt keine Absicht.

Plötzlich fühle ich mich unendlich müde. Ich denke wieder an die schlechte Nacht, an die Sorgen um Leo. Um Ro und Tamara. Ich will meine Freundinnen nicht durch einen aberwitzigen Streit verlieren. Ich will überhaupt niemanden mehr verlieren.

Trotz allen Kraftaufwands stiehlt sich eine Träne aus meinem Auge, rinnt über die Wange. Ich streiche sie weg. Die Kassiererin lächelt mich an. Die Hektik, die sie eben noch ausstrahlte, ist wie ausgelöscht. Womöglich stand sie gar nicht so sehr unter Dampf.

»Vor acht ist immer die Hölle«, sagt sie, während sie meine Sachen scannt.

Ich zeige ihr den Beutel mit dem zerplatzten Becher.

»Lassen Sie nur!« Sie nimmt die Tüte und wirft sie in den Mülleimer unter ihrer Kasse. »Die Jugendlichen machen jeden Morgen Krawall. Sind total aufgekratzt und zugleich übermüdet. Keine gute Mischung. Mein Sohn ist auch so drauf. Abends kommt er nicht ins Bett, hängt am Handy. Fragen Sie nicht, wie ich ihn morgens wachkriege …«

»Ich hätte den Becher bezahlt, es wäre ja kein großer Betrag gewesen.«

»Wir nennen das Schwund. Kann passieren, oder? Sie haben da etwas Sahne im Gesicht.«

Sie reicht mir ein Stück Küchenkrepp. »Unter dem rechten Auge.«

Ich tupfe über meine Wange. Ich muss aus dem Supermarkt raus, sonst fange ich an zu weinen. Ich habe keine Ahnung, weshalb.

»Ist weg.«

Ich reiche ihr einen Schein, sie gibt mir das Wechselgeld. Dabei spüre ich, wie sich in beiden Augen erneut Tränen sammeln.

»Danke«, sage ich. »Einen schönen Tag.«

Ich bin fast aus der Tür, als sie mich zurückruft.

»Warten Sie! Ihre Tasche!«

Meine Güte, die Pilze! Wieder wische ich eine Träne weg. Hole tief Atem. Kehre um.

»Hier, bitte.« Sie reicht mir meine Einkäufe. »Und Sie haben schon wieder Sahne im Gesicht.«

Nun gucken wir beide auf meine Hände. Überall Reste von der sauren Sahne. Wir brechen unwillkürlich in Gelächter aus, das bei mir mehr klingt wie Weinen.

»Hoffentlich haben Sie sich nicht auch noch die Jacke verschmutzt.« Sie reißt noch ein Stück Küchenkrepp ab. »Hier, vielleicht bringt saure Sahne Glück, wer weiß?«

5.

Katie ruft an. Nur um sich zu vergewissern, dass das Nikolaustreffen wirklich stattfindet. Nicht, dass es daran irgendeinen Zweifel gäbe. Es ist nur so eine Gepflogenheit, vorher durchzuklingeln, und ich freue mich, wenn ihre Nummer auf dem Display aufscheint. Ihre Stimme ist rau.

»Ich habe eine Erkältung«, krächzt sie. »Kein Wunder. Bei diesem Sauwetter!«

Katie ist fast immer heiser. Ich glaube, dass es daran liegt, dass sie zu viel raucht. Das will sie nicht hören.

»Hoffentlich ist es bis morgen besser«, fährt sie fort.

»Ist es bestimmt.«

Katie gegenüber ist meine Rolle die der Mutmacherin. Das Leben hat ihr übel mitgespielt, obwohl es von außen wirkt, als sei es in Gold getaucht. Ihr Mann war ein angesehener Professor für Ägyptologie, deshalb hat sie mit der Familie einige Jahre in Kairo verbracht. Wir beneideten sie um ihren aufregenden Alltag. Unsere Begeisterung wischte sie beiseite. Wir hätten keine Ahnung. Diese Hitze!

Katies Mutter stammt aus Irland, und in ihrer Kindheit hat Katie die Sommer an der Westküste verbracht. Sie liebt Wind, Regen, Kühle und den frischen Geruch des Meeres. Mit dieser Ausstattung in Kairo durchzuhalten, bedeutete eine Herausforderung der besonderen Art.

Das Schlimmste seien die Mücken und Fliegen. Und die Ameisen!

»Stell dir vor, wir haben eine Ameisenstraße mitten durch die Wohnung!«

Katies Kinder waren noch klein, es war ihnen nicht beizubringen, nur in der Küche zu essen, um die Plage einzudämmen. Irgendwann wanderten die Ameisen durch die Kinderbetten.

»Du kannst in Kairo nicht mal spazieren gehen. Alles, was du machen kannst, um deine Freizeit irgendwie nett zu gestalten, ist, in einem großen internationalen Hotel in der Lobby zu sitzen und an einem Drink zu nuckeln. Oder den Pool zu benutzen«, beschwerte sie sich, wenn sie im Sommer auf Urlaub zu Hause war. Eine Woche mit uns in den Bergen verbrachte. Damals neigte ich dazu, ihr die Vorzüge ihres Lebens aufzuzeigen und das Unangenehme als halb so schlimm abzutun. Sie schluckte meine ungebetenen Ratschläge, bis sie irgendwann sagte: »Weißt du, Ines, du magst ja recht haben. Aber es fühlt sich ganz anders an, als du es beschreibst.«

Im September flog sie mit der Familie zurück nach Ägypten, um gegen die Ameisen zu kämpfen, ihr Obst mit Essigwasser zu waschen – »Die Kinder haben ständig Durchfall« – und die Jahre zu zählen, bis sie endgültig zurück nach Hause zögen. Sie hatte Heimweh und verbarg es vor niemandem. Dennoch musste sie dort funktionieren. Die Kinder gingen zur deutschen

Schule, von ihrem Wohnort war es ein langer Weg jeden Morgen und jeden Nachmittag. Die üblichen Probleme mit dem Lernstoff und den Lehrern waren durchzustehen, ein Haushalt zu führen. Mit der Zeit arrangierte sie sich zwar mit den praktischen Problemen. Der Unwille gegenüber dem Gastland blieb.

Im Jahr vor ihrer Rückkehr starb ihr Mann, der berühmte Professor. Ein Herzinfarkt. In der Uni. In seinem Büro. Erst Stunden später wurde er gefunden.

Als Katie mit den Kindern zurückkehrte, der Leichnam ihres Mannes war vorausgeflogen worden, drückte sie den Rücken durch und machte sich an die Erledigung der anstehenden Aufgaben. Beerdigung, Versicherungen, Neuanfang. Sie brachte ihre Kinder bei mir und meiner Familie unter und kehrte allein nach Ägypten zurück, um ihre Wohnung aufzulösen und ihr Hab und Gut, das sie nicht verkaufen konnte, nach Deutschland zurückzubringen. Als ich sie am Flughafen abholte, wirkte sie erleichtert. Als nähme sie in Kauf, Witwe zu sein, wenn sie nur nicht wieder von zu Hause wegmüsste.

Sie spielte allen vor, wie gut es ihr ginge. Die Kinder schlossen neue Freundschaften, berichtete Katie, und es klang durch, dass es ihnen nicht leichtgefallen war, die Freunde in der Schule in Kairo zurückzulassen. Über den Tod des Mannes und des Vaters wurde selten gesprochen. Katie unterband jegliche Sentimentalität. »Sonst werde ich verrückt.« Sie brachte den Kindern bei, dankbar zu sein, dass sie einen so wunderbaren Vater gehabt hatten, und ansonsten nach vorne zu sehen.

Es war ihr unmöglich, sich irgendeiner Art von Trauer hinzugeben. Ich bin sicher, dass sie trauerte, doch sie machte die Untiefen in ihrer Seele mit sich selbst aus.

Seinerzeit begann ihre Stimme verrücktzuspielen. Katie hatte immer eine schöne Singstimme gehabt. Plötzlich klang sie dünn und hohl. Sie fand einen Job in der Stadtverwaltung, zog die Kinder auf und fand sich so wie früher mehrmals pro Woche an meinem Küchentisch ein.

Katies Stimmprobleme schwankten. Es gab Phasen, in denen sie wie früher klang, die Stimme volltönend und stark. Dann wieder fing sie sich Erkältungen ein, litt unter Halsentzündungen und laborierte wochenlang an ihnen herum. Wir Pfefferkuchenfrauen versuchten, ihr die Verbindung zwischen ihrem Zigarettenkonsum und den Stimmschwierigkeiten darzulegen. Katie leugnete sie.

»Wie geht es den anderen?«, fragt Katie gerade.

Ich berichte von dem Kind in Tamaras Kindergarten, von Ros Wut und dass wir uns alle auf etwas gefasst machen können, wenn wir uns morgen treffen. »Es gibt Pilzsuppe«, füge ich hinzu, als könnte dies den zu erwartenden Ärger abmildern.

»Die Kinder haben jetzt feste Lebenspartner.« Katie wechselt gern das Thema, wenn etwas sie belastet. »Ich habe ihnen gesagt, sie müssen Weihnachten nicht mit mir verbringen. Sie können mit ihren Liebsten einen eigenen Weihnachtsbaum aufbauen. Stell dir vor, sie wollten unbedingt kommen. Dabei hatte ich mich darauf gefreut, mal nicht kochen zu müssen. Für mich zu sein. Zu lesen. Eine Flasche Rotwein allein auszutrinken.«

Sie weiß, dass ich darüber nur den Kopf schütteln kann. Ich verbringe seit Jahren jedes Weihnachtsfest allein, und es ist eine Qual.

»Tja, dieses Jahr habe ich mich durchgesetzt«, verkündet sie fröhlich. »Ich habe die Nase voll davon, Leute zu bewirten.«

Ich weiß nicht recht, was ich darauf antworten soll. Normalerweise hat sie mich jedes Jahr gefragt, ob ich nicht gern mit ihr und den Kindern feiern würde. Ich habe immer abgelehnt. Ich bin lieber zu Hause. Nicht, weil ich allein sein will. Sondern weil ich meine eigenen vier Wände mit ihren schäbig gewordenen Tapeten brauche, die mir Erinnerungen zuflüstern.

Diesmal lädt sie mich nicht ein, und so muss ich mich nicht erklären. Obwohl das bei Katie kein Problem ist. Sie lässt im Prinzip jedes Argument gelten. Oder auch nur ein »Nein«.

»Hast du Pläne?«, erkundigt sie sich vorsichtig.

»Für den 26. wollte ich mir vielleicht eine Konzertkarte besorgen.« Das stimmt nicht ganz, es ist nur eine vage Idee. Falls es überhaupt noch Karten gibt.

»Ach so.« Katie hustet. »Irgendwas Nettes werde ich doch kochen, an Heiligabend, meine ich. Nur einen Snack oder so. Ich sage dir, den Einkauf erledige ich so bald wie möglich. Nichts grässlicher, als am 24. noch im Supermarkt herumzustehen. Dieses Gedränge, diese Eile, diese schlechte Laune, die einem da entgegenschlägt! Deswegen gehe ich auch nie shoppen. Ist mir viel zu stressig. Stundenlang von einem Geschäft zum anderen zu laufen! Ich weiß nicht, was manche daran finden. Insofern ist das Internet ideal: Ich bestelle eine Bluse und eine Hose und bekomme genau das, was ich möchte, nach Hause geliefert.«

Ich erzähle ihr von meinem Sahne-Missgeschick gestern und muss darüber lachen.

Als wir aufgelegt haben, stehe ich eine Weile mit dem Telefon in der Hand am Fenster und blicke in die nachmittägliche Dunkelheit. Das Schulzentrum ist noch hell erleuchtet. Am Himmel zieht ein Flugzeug entlang, ziemlich tief, wahrscheinlich ist es eben erst gestartet. Die Positionsleuchten blinken. Unwillkürlich denke ich daran, zu verreisen. Doch sobald der Jet aus meinem Blickfeld verschwunden ist, lösen sich diese Gedanken in Luft auf. Stattdessen fällt mir ein, dass ich das Vogelfutter vergessen habe.

6.

Die Pilzsuppe soll frisch zubereitet werden. Denn mit Pilzen ist es so eine Sache. Du musst dir sicher sein, dass du gute Pilze hast. Keine, deren Stiele schon bräunlich sind. Frische Egerlinge sind meine Wahl. Ich wasche sie nicht, ich schäle sie. Ziehe ihnen die Haut ab. Das geht eigentlich ganz leicht, nur heute hakt es. Das Messer will nicht wie ich. Vielleicht sind es auch meine Finger, die nicht wollen wie ich. Oder wie das Rezept es will. Trotzdem kriege ich es hin. Die Pilze sind weiß. So weiß wie der Schnee, der draußen fällt.

»Wer hätte das gedacht! Schnee am Nikolaustag!«, hat Ro vorhin fröhlich ins Telefon posaunt.

Sie hat natürlich längst angerufen. Sie ruft mehrmals am Tag an. Wir haben diese Tradition aus unserer Studentinnenzeit fortgeführt. Damals war Telefonieren teuer, heute kostet es fast nichts. Jeder hat eine Flatrate. Manche haben mehrere. Zu Hause am Festnetz und für das Handy auch noch. Man könnte seinen ganzen Tag mit Telefonaten füllen.

»Ja, ist das nicht großartig?« Ich stimmte in ihre Heiterkeit wegen des Schnees ein. Denn im Grunde habe ich Angst. Vor dem Zusammentreffen. Tamara und Ro.

Die kontrollierte Tamara, die nie laut wird. Und Ro, der Bulldozer.

»Schnee so früh hatten wir lange nicht mehr. Vincent bleibt heute zu Hause. Seine Mutter hat für den Abend einen Nikolaus engagiert. Er soll ein Gedicht aufsagen. Gegen sechs, nicht früher. Ich habe also Zeit für unser Treffen.«

Eine sonderbare Einlassung! Ro nimmt immer am Nikolaustreffen teil. Es gibt kein Nikolaustreffen ohne Ro.

»Ich mache Pilzsuppe.«

»Deine wunderbare Pilzsuppe. Wie ich die liebe.«

Ich höre, wie sie mit der Zunge schnalzt. Meine Freundinnen vergöttern meine Kochkunst. Ich kann nichts dagegen tun. Nichts, was ich zubereite, erregt ihr Missfallen. Meistens bleibt auch nichts übrig. Egal, ob ich Brot backe, Suppe koche, mir eine neue Salatkreation überlege, ein Ketchup anrühre oder mich an einem Tiramisu versuche: Sie fallen glücklich über alles her, was auf meinem Tisch steht.

Ich wollte Ro auf den Streit ansprechen. Sie bitten, Tamara nicht in Stücke zu reißen. Nicht in meiner Küche. Doch meine Zunge klebt am Gaumen. Nicht, weil ich Angst hätte vor Ros Wutausbrüchen oder ihren Launen. Das habe ich nicht. Ich mische mich nur ungern ein. Konflikte ertrage ich schlecht. Und beides verträgt sich nicht. Um Konflikte zu lösen, muss man sich ab und zu einmischen, hat Helen neulich zu mir gesagt. Doch in einen Streit zwischen meinen beiden besten Freundinnen? Ich fürchte, mehr zu zerstören, als ich gutmachen kann. Oft ist es so, auch beim Kochen: Wenn du zu viel machst, zu viel gleichzeitig willst, wird am Ende nichts Vernünftiges draus. Helen weiß noch nichts von der Eskalation im Kindergarten, die zu einem Desaster in meiner Mädelsgruppe führen könnte. Wenn Ro und Tamara sich nicht einkriegen – ehrlichkeitshalber muss man sagen: wenn *Ro* sich nicht einkriegt –, zerstört dieser Sprengstoff nicht nur die Freundschaft zwischen Ro und Tamara, sondern unsere ganze Clique. Wie sollte das gehen: sich treffen, wobei eine fehlt? Und die, die fehlen, wechseln sich ab? Absurd!

Ich gieße Mineralwasser in ein Glas und trinke langsam. Dabei sehe ich dem Schnee zu. Immer noch fällt er ganz sachte. Ungerührt, weil er ja nicht weiß, was er da zudeckt. All die Dinge, die unter dem Deckel gehalten werden wollen und sollen. Weil sonst – was?

Nun betrachte ich meinen großen Topf, in dem Kartoffeln und Stücke einer Sellerieknolle kochen. Mit der Menge des Wassers vertue ich mich manchmal. Daher schöpfe ich meist einen Teil des Wassers ab und gebe es wieder dazu, falls die Suppe zu sämig ist.

Ich schnippele die Pilze in nicht zu kleine Stücke und schabe drei Möhren. Die Reste kratze ich aus der Spüle und werfe sie in den Abfall. Ich spüre, wie trocken die Haut an meinen Händen ist und mache mir zum hundertsten Mal eine Notiz, möglichst bald in die Drogerie zu gehen und eine Handcreme zu kaufen.

Tamaras Nichte Sina hat mich ermuntert, ein Kochbuch zu schreiben. Sie ist in der Verlagsbranche tätig. Ich lachte sie aus.

»Wie kommst du auf die Idee? Ich koche für den Hausgebrauch. Meine Rezepte gehen niemanden was an.«

Doch Sina lässt sich nicht abwimmeln. Ständig kommt sie darauf zurück.

»Was glaubst du, Tante Ines, die Leute haben es satt, im Internet nach Rezepten zu googeln. Unsere Kochbücher gehen zur Zeit wie geschnitten Brot! Schön aufgemachte Bände, farbig, mit Fotos und Platz für Notizen – auf den Zug könntest du aufspringen, überleg es dir!«

Wenn sie in der Nähe ist, schaut sie bei mir herein. Meistens bringt sie etwas Teures mit. Parfüm, ein herrliches Blumenbouquet, sogar ein Unterhemd aus Merinowolle hat sie mir geschenkt. Sina kann sich leisten, was ich im Laden nicht einmal anschaue. In mir keimt der Verdacht, dass Tamara ihrer Nichte so einiges von mir erzählt. Schon als kleines Mädchen kam Sina gern zu mir mit. Manchmal verbrachte sie auch die Ferien in den Bergen mit uns, wenn ihre Eltern keinen Urlaub hatten und Tamara sich um sie kümmerte. Sie war ein unkompliziertes Kind, das viel lachte, aber auch erstaunlich viel weinte. Keine ihrer Gefühlsregungen konnte anderen lange verborgen bleiben. Ganz anders als Tamara, die ihre Gefühle meist für sich behält. Oder als ich. Schauspielern liegt mir. Ich kann alles Mögliche vorspielen. Weil das Echte aus dem Innenleben oft viel zu kostbar ist, um es anderen zu zeigen.

Ich gebe Butterschmalz in die Pfanne. Als es heiß ist, werfe ich die Pilze hinein und rühre. Himmel, die Zwiebeln! Ich schäle schnell zwei Zwiebeln und gebe sie kleingeschnitten zu den Pilzen. Rühre, bevor ich die Temperatur herunterregle. Die Möhren reibe ich klein und füge sie ebenfalls hinzu. Das Gemüse schmort auf niedrigster Stufe unter dem Glasdeckel vor sich hin.

Ein Kochbuch schreiben! Meine Tage sind ausgefüllt, denke ich, wann soll ich Zeit dafür finden, ein Buch zu schreiben?

Dieses Argument will Sina nicht hören.

»Du schreibst die Rezepte auf, Tante Ines, den Rest machen wir.«

Ich schrecke davor zurück. Wie ich vor allem, was neu und unbekannt ist, zurückschrecke. Ich mag das Gleichmaß meines Alltags und fühle mich sicher darin. Deswegen schiebe ich, um Herausforderungen zu meiden, Zeitmangel vor. Auch Sina gegenüber. Ro würde aufschreien! Du behauptest, deine Tage sind ausgefüllt? Du hast zu viel Zeit! Deswegen bist du unglücklich.

Bin ich unglücklich? Solange meine Familie bei mir war, hätte ich nicht einmal darüber nachdenken können, wie ich mich fühlte. Ich stand von morgens bis abends unter Strom. Arbeiten, kochen, einkaufen, aufräumen, waschen, organisieren. Der übliche Wahnsinn. Spät am Abend fiel ich vollkommen erschöpft in einen wenige Stunden währenden Schlaf, den der Wecker am folgenden Morgen zerriss.

Später kam alles anders.

Ich schüttele energisch den Kopf. Will nicht nachdenken. Nicht jetzt und nicht darüber. Mit einer Gabel steche ich energisch in die Kartoffeln. Weich genug. Auch der Sellerie. Ich nehme noch etwas Wasser weg, bevor ich den Inhalt aus der Pfanne zu dem anderen Gemüse gebe, saure Sahne hinzufüge und den Pürierstab in Stellung bringe. Rasch sind sämtliche Zutaten zerhäckselt. Ich schmecke ab. Mische Pfeffer bei. Viel Pfeffer. Ich finde, diese Suppe lebt vom Pfeffer.

Irgendwie sind es ja immer die Details, die den Geschmack machen, denke ich, als ich den Topf von der heißen Platte schiebe. Kartoffeln kochen kann jeder. Pürieren auch. Was man braucht, ist das gewisse Händchen fürs Individuelle. Wie dickflüssig soll die Suppe sein? Was ist der Geschmack, der, kaum hast du einen Löffel gegessen, in deinem Mund förmlich explodiert?

Sina würde bei diesen Gedanken bestimmt eifrig nicken.

Ich decke den Tisch. Stelle Salatschälchen dazu. Gestern habe ich noch Brot gebacken und Knoblauchbutter gemacht. Ich schneide das Brot in Scheiben, bestreiche es mit der duftenden Butter.

Katie ruft an, sie sitzt im Auto. Ich schalte den Ofen an und lege die Brotscheiben hinein. Nehme das Salatdressing aus dem Kühlschrank und gieße es langsam über die Blätter. In der Diele stelle ich mich vor den Spiegel. Ich bin ein bisschen aufgelöst, und auf meinem Sweater prangt ein heller Fleck. Saure Sahne, mal wieder.

Es klingelt. Zweimal ganz kurz.

7.

Es hätte schlimmer kommen können. Hätte es wirklich. Ro hat sich am Riemen gerissen. Sie hat keinen Ton gesagt. Nicht über das Desaster im Kindergarten. Und nicht zu Tamara.

Sie saß zwischen Katie und mir und quasselte. Über alles Mögliche. Niemand wagte zu fragen, wie es Vincent geht. Oder ihrer Schwiegertochter. Und sie sagte nichts dazu. Ab und zu spürte ich Tamaras panischen Blick auf mir und lächelte ihr zu, möglichst so, dass Ro es nicht bemerkte.

Das Telefon klingelt. Katie.

»Was für ein schreckliches Nikolaustreffen!«, legt sie los.

Wenigstens nimmt sie kein Blatt vor den Mund.

»Ich habe auch keine Lust, es mir schönzureden.«

»Du hast so wunderbar gekocht. Deine Knoblauchbutter – ein Gedicht! Mensch, Ines, wie schade!«

Ja, wie schade. Wir haben uns gut unterhalten. Doch der Keil zwischen Tamara und Ro hockte mit am Tisch wie eine Person, die niemand eingeladen hatte, die niemand wollte, die aber nicht im Traum daran dachte, nach Hause zu gehen.

»Es war nicht so wie sonst.« Ich bin traurig deswegen. Wenn ich ehrlich bin, habe ich am Abend im Bett ein wenig geweint. Die Tränen kamen von selbst. Sie flossen und flossen. Keine großen Schluchzer. Nur Tränen, wie bei einer Augenentzündung.

»Ro kann wirklich toxisch sein. Statt dass sie mit Tamara redet und die Sache bereinigt!« Katie regt sich auf. Sie ist jemand, der Dinge ganz offen anspricht. Doch gestern wagte auch sie es nicht, sich einzumischen. »Sprich mit Ro. So ganz ruhig, unter vier Augen. Ihr kennt euch seit Jahrzehnten!«

»Eine von den beiden muss den ersten Schritt gehen.«

»Jemand muss nur eine von beiden auf die Idee bringen. Das könntest du sein, Ines.«

Ich werde sauer. Katie gegenüber ist das nicht angemessen, aber der Stress der gekünstelten Begegnung gestern steckt mir noch in den Knochen. Genauso wie meine Traurigkeit. Ich verstehe meine Gefühle, hätte jedoch nicht gedacht, dass sie so tief gehen.

»Ich habe keine Lust, den Prellbock zu spielen. Wirklich nicht.« Ich klinge eingeschnappt. Das will ich nicht. »Entschuldige, Katie, du verstehst schon. Die beiden sind erwachsen.«

»Jeder Irre, der Krieg führt, ist erwachsen!« Ihr Feuerzeug klickt.

Wir schweigen beide einen Augenblick. Ich höre, wie sie den ersten Zug nimmt und langsam den Rauch ausbläst.

»Wo du recht hast, hast du recht«, gebe ich zu.

Und dennoch: Ich will nicht zwischen die Fronten

geraten. Mein Nervensystem ist angekratzt. Ich bin nicht mehr so widerstandsfähig. Nicht so taff. Es gab eine Zeit, da wären derartige Dinge an mir abgeprallt. Vor zehn Jahren hätte ich vermutlich Ro zur Brust genommen. Du hast sie wohl nicht mehr alle, hätte ich ihr vor den Latz geknallt. Sprecht euch aus!

Nun geht das nicht mehr.

»Mir fehlt die Kraft«, füge ich hinzu.

Katie antwortet nicht sofort. Das schätze ich an ihr. Ich weiß, sie will widersprechen, trotzdem lässt sie ein wenig Zeit verstreichen. Damit ich durchatme. Damit nicht gleich ein Wort auf das andere folgt. Wir sind beide empfindlich.

»Weißt du, wir waren immer so ein super Team«, fängt sie schließlich an. »Ich will mir nicht vorstellen, dass all das zusammenbricht.«

»Um Himmels willen!« Bisher habe ich nicht mit dem Schlimmsten gerechnet. Jedenfalls nicht bewusst. Womöglich aber innerlich, deswegen die Tränen, die sich gestern Nacht nicht stoppen ließen.

»Je länger dieser Zustand andauert, desto schwieriger wird es sein, die Probleme auszuräumen. Du kennst das: Immer mehr staut sich an. Am Schluss weiß keiner mehr, worum es eigentlich ging. Letztlich um ein fremdes Kind, das Blödsinn gemacht hat. Vielleicht ist dieser Junge, der Vincent bepinkelt hat, einfach ein Kaliber für sich. Unrettbar verloren mit drei Jahren. Oder hat gestörte Eltern. Wer weiß das schon?« Katie holt tief Luft. »Mich interessiert dieser Knabe gar nicht. Ich will meine Freundinnen zurück.«

»Noch sind wir alle da«, versuche ich, Katie und mich zu trösten.

»Sind wir nicht! Hast du das gestern nicht bemerkt?«

Ich habe es bemerkt. Ich will es nicht wahrhaben, das ist es. Unser Club hat sich verändert. Wenn zwischen zweien ein Graben aufbricht, geraten alle ins Schwanken. Ro ist meine älteste Freundin. Aber ich will auch nicht auf Tamara verzichten.

»Wir müssen was tun, Ines!« Katies Stimme kiekst. »Das Problem ist strenggenommen nicht Tamara. Sie wird alles tun, um die Eltern an einen Tisch zu holen und die Kinder … du weißt schon. Das Problem ist Ro. Sie muss sich bewegen. Sie ist eine närrische alte Frau! Verbohrt und stur wie Strudel. Du bist die Einzige, die sie zum Umdenken bringen kann. Was soll Tamara denn tun? Zu Kreuze kriechen, weil ein Kind in ihrem Kindergarten … Ich wiederhole mich. Und Wiederholungen machen mich müde.«

»Der Schnee schmilzt«, sage ich unvermittelt. Ich will aus diesem Thema raus. Die Wände schließen sich enger um mich als noch vor ein paar Minuten. Das geht nie gut. »Hast du das bemerkt?«

»Ja, nur noch Matsch auf den Straßen. Von der Sonne habe ich seit Tagen nichts gesehen.«

»Ich auch nicht.«

»Also, Ines, du denkst drüber nach, wie du ansetzen könntest?«

»Der Vermittler wird meistens geköpft. So einfach ist eine Mediation in diesem Fall nicht. Die Verletzung, die Ro meint, abbekommen zu haben, ist zu frisch.«

»Mit Ro hat der ganze Quatsch doch nichts zu tun! Oder hat das Kind etwa Ro bepinkelt?« Katie lacht schrill. Ein Hustenanfall folgt.

Ich will mich nicht zum Prellbock machen. Mein Vater und mein Bruder – eine andere Geschichte, aus einer anderen Zeit. Beide wie Feuer und Wasser. Keine Versöhnlichkeiten. Verstanden einander absichtlich falsch. Wenn einer »weiß« sagte, interpretierte der andere das als »schwarz«. Die ideale Chance für eine Schwester und Tochter, alles falsch zu machen. Ich ging auf beide ein. Redete mit ihnen. Einzeln. Dann gemeinsam. Holte sie an einen Tisch und dröselte auf, wo ich meinte, dass das Problem lag. Woraus sich die Missverständnisse speisten. Ich hätte eine Akte von diesem immerwährenden Konflikt anlegen können, ergänzt durch ein ausführliches Tagebuch. Am Ende verbündeten sich die beiden gegen mich und machten mir Vorwürfe. Mit beiden war ich zuvor gut zurechtgekommen. Nun stand ich plötzlich wie ein begossener Pudel da und wurde von beiden Seiten mit Unterstellungen bombardiert. Was auch immer ich vorschlug, um die Lage zu verbessern, wurde sofort niedergeschrien.

»Sieh mal, Ines.« Katie wirft sich in die Bresche. »Ro mag ihre Schwiegertochter nicht einmal besonders. Doch anstatt Stefanie einen Weg aufzuzeigen, wie sie sich mit der Leiterin des Kindergartens verständigen kann, um den Streit aus dem Weg zu räumen, geht sie selbst zum Angriff über.«

»Es geht nicht um die Schwiegertochter. Ro ist vernarrt in Vincent.«

»Darf sie ja auch sein!« Katie schnaubt. Hustet. »Vincent ist außen vor. Er ist ein Kind. Er hat das Ganze längst vergessen.«

Ich spüre, wie ich mich innerlich verhärte. Katie liegt richtig. Mit uns beiden hat diese dämliche Verkettung von Zank und Vorhaltungen gleich dreimal nichts zu tun. In einen fremden Streit einzusteigen ist wie eine Reise in die Fremde. Beängstigend. Man kann sich verirren und niemals mehr zurückfinden zum vorherigen Zustand. Man landet unter Umständen in einer Zwischenwelt, in der niemand lange verharren will, so wie an einem Bahnhof oder an einem Flughafen. Das Ziel entgleitet einem mehr und mehr, bis man schlicht nicht mehr weiß, wohin man aufbrechen wollte.

Am anderen Ende der Leitung hustet Katie. Vorsichtig deute ich an, mir eine Strategie zu überlegen. Ich tue das nur, weil ich Katie nicht vor den Kopf stoßen will. Sie sorgt sich, ich mich auch, darin sind wir uns einig. Mir liegt nichts daran, dass zwischen uns auch noch ein Zwist aufbricht. Katie freut sich. Wir verabschieden uns, dabei bedankt sie sich noch einmal überschwänglich für das gestrige Treffen.

Ich lege auf und starre auf den Kalender. Der 7. Dezember. Nicht mal mehr drei Wochen bis Heiligabend.

8.

Helen holt mich ab. Strahlend steht sie in der Tür und hält mir eine Stofftasche mit dem Aufdruck eines Elektrofachgeschäfts hin.

»Was hast du mir mitgebracht? Kabel? Neue Steckdosen?«, frage ich lachend.

Dabei habe ich den Duft schon in der Nase. Apfelsinen. Helen hat Beziehungen nach Spanien. Die Beziehungen schicken ihr jedes Jahr einen Karton voller Apfelsinen. Biologisch aufgewachsene Apfelsinen natürlich. Mit der Postsendung kommt Farbe in Helens Leben. Und auf diesem Umweg auch in meins.

»Wunderbar!« Ich stecke meine Nase in den Stoffbeutel. Atme tief den betörenden Duft ein.

»Sie schmecken großartig. Bist du fertig? Sollen wir los? Oder möchtest du erst noch eine Orange verspeisen?«

Wir haben uns am Morgen auf einen Spaziergang durch den Park verabredet. Die Wettervorhersage sprach von Lücken in der Wolkendecke. Wir beschlossen, das wenige Sonnenlicht auszunutzen, das am 8. Dezember unser Land streift.

»Ich bin so gut wie fertig.« Ich trage die Apfelsinen in die Küche, nehme sie aus dem Beutel und lege sie fein säuberlich nebeneinander auf das Büffet, bevor ich in die Stiefel schlüpfe und meinen Mantel anziehe. »Ist es sehr kalt?«

»Ich konnte meinen Atem sehen. Das ist in Ordnung. Ich mag die kalte Luft.«

Helen sieht die Dinge positiv, wenn sie sich nicht ändern lassen. Sie behauptet, auch den Winter zu mögen, was mir nicht ganz in den Kopf will, denn wenn ich den Winter weglassen könnte, mitsamt Weihnachten, mitsamt Nikolaus, wäre mir das am liebsten. Der Gedanke an Nikolaus zieht mich runter. Nicht wegen des Bischofs von Myra in Lykien in der heutigen Türkei. Der arme Kerl kann ja nichts dafür, dass das Treffen der Pfefferkuchenfrauen an seinem diesjährigen Gedenktag durcheinandergeraten ist.

Ich schlinge mir einen Schal um den Hals – ein Geschenk von Ro, gelb natürlich – und greife nach meiner Mütze. Helen trägt gern Lila, eine Farbe, die mich nervös macht, aus Gründen, die mir selbst nicht klar sind. Ihr steht es, mir nicht. Gemächlich spazieren wir durch unseren Hof und biegen Richtung Park auf eine Nebenstraße ein. Eine milchige Sonne steht am Himmel. Sie wärmt nicht, spendet lediglich ein wenig Helligkeit. Es tut gut, aus dem Haus zu kommen. Weil es kalt ist, steigern wir synchron das Tempo. Ich genieße die Bewegung. Spüre, wie meine Schultern sich straffen und mein Gang gerade wird.

»Merkst du das auch? Der Verkehr schwillt an.« Ich deute auf die Autos, die in einer langen Schlange an der Ampel stehen.

»Tja, Weihnachten eben.« Helen zuckt die Achseln.

»Hast du Pläne?«

»Ich fahre weg. In die Berge. Du weißt doch, im Sommer habe ich an einer Studienreise nach Prag teilgenommen. Mit einigen aus der Gruppe blieb ich in Kontakt. Jemand von denen hat eine Berghütte für uns reserviert.«

Typisch Helen. Sie hat immer was vor. Helen gehört nicht zu den Pfefferkuchenfrauen. Sie ist eine Freundin noch aus der Grundschule. Immer ein wenig exzentrisch. Eine, die sich einen Liebhaber hält. Der Liebhaber lebt in Argentinien, aber alle paar Jahre kommt er nach Europa, reist nach Nürnberg und trifft sich mit Helen. Sie verbringen ein paar Tage und Nächte in einem Hotel. Helen behauptet, dass seine Frau das weiß und nichts dagegen hat. Auch Helen geht völlig offen damit um. Sie hat mich schon einmal spontan in ein Café zitiert, um mich dem Herrn vorzustellen.

Helen ist Bohème. Meine Mädels nicht. Helen durchforstet die Zeitung und das Internet nach interessanten Ausstellungen, Konzerten und Lesungen. Die Pfefferkuchenfrauen sitzen am liebsten in der Küche, rauchen, essen, trinken Kaffee und klatschen.

»Warum seufzt du?« Helen schaut mich neugierig von der Seite an.

Neben uns heult der Motor eines Wagens auf. Der Fahrer hat es eilig, bei Dunkelgelb über die Ampel zu kommen.

Eigentlich will ich nicht jammern. Die paar Stunden mit Helen nicht verderben. Wahrscheinlich liegt Katie richtig: Ich sollte mit Ro ein ernstes Wörtchen reden.

Sie ist stur, das ja, doch sie ist auch klug. Vernünftigen Argumenten wird sie sich auf die Dauer nicht widersetzen können.

»Vorgestern war unser Nikolaustreff. Du weißt schon.«

»Klar.« Helen kennt die Clique.

»Es gab eine Eskalation in Tamaras Kindergarten.« Ich setze Helen die ganze Geschichte auseinander. Spüre, wie dieser irre Streit zwischen meinen Freundinnen auf meiner Seele lastet. Es tut gut, darüber zu reden, doch zugleich kommt mir die Geschichte aufgeplustert vor. Wie etwas, was eigentlich nicht besonders interessant ist. Nicht einmal wichtig. Eine Lappalie.

»Du liebe Güte!« Helen lacht, aber es klingt nicht fröhlich. »Männer eben! Schon kleine Jungs stehen den großen in nichts nach.«

Wir erreichen den Park. Vor uns erheben sich sanfte Hügel. Im Frühjahr blühen die vielen Büsche zauberhaft, wie weiße Wolken sitzen sie in den Hecken. Jetzt sind die Bäume kahl. Schneematsch liegt auf den Wegen. An manchen Stellen ist er beiseitegeschoben worden. Die schmutzig-nassen Überbleibsel eines Schneemannes stimmen mich melancholisch. Über dem Horizont hängt die vom Dunst verschleierte Sonne. Auf den Spazierwegen wandern Mütter und Väter mit Kinderwagen, Paare, eine Alte mit Rollator.

»Katie meint, ich soll mit Ro reden.«

»Mach das.«

»Ich möchte in dem ganzen Chaos nicht zermalmt werden. Ro kann ziemlich hart reagieren.«

»Du willst weder Tamara noch Ro verlieren, habe ich recht?«

Helen seziert meine Stimmungslage ziemlich gut. In Wirklichkeit habe ich Angst. Angst vor Trennung und Verlust.

Wir haken einander unter.

»Das stimmt«, gebe ich zu.

»Du wirst letztendlich beide verlieren, wenn du nichts tust. Versuch es wenigstens. Denn wenn dieser Konflikt einfriert, ist eure Frauenmannschaft am Ende. Bei jeder Einladung wird eine absagen, um der anderen nicht zu begegnen. Letztlich kommt keine mehr.«

»Du redest wie eine Politikberaterin.«

Helen lacht laut auf. Ein Mann, der uns gerade mit einem schokoladenbraunen Labrador an der Leine überholt, guckt neugierig zurück.

»Ich war Lehrerin. Das hat abgefärbt.«

»Ich habe Angst.«

»Unsinn. Was kann schlimmstenfalls passieren? Ro wird ein paar Tage grollen, dann ruft sie dich an. Bis Weihnachten ist die Sache ausgestanden. Meine Güte, Ines, es können so viele schreckliche Dinge geschehen: Wir können krank werden, stürzen, Unfälle erleiden. In der Welt brechen Kriege und Unruhen aus. Niemand weiß, wie man da rauskommt. Und Ro macht ein Theater wegen eines Dreijährigen!«

»Es *ist* wie ein Krieg.« Ich richte meinen Schal. Wir erreichen den Weiher. Es kommt mir so vor, als würde es minütlich kälter. Mir wird bewusst, dass alle globalen Krisen so beginnen: Jemand ist wegen einer unwichtigen Sache beleidigt.

»Meinst du«, frage ich, »dass dieser Konflikt eigentlich für etwas anderes steht? Dass die Sache im Kindergarten nur ein Ventil ist, weil schon vorher manches zwischen den beiden nicht gestimmt hat?«

Helen lässt sich Zeit. Sie denkt nach. Das sagt mir, dass meine Idee nicht ganz aus der Luft gegriffen ist. Und diese Momente der Stille liebe ich an Helen.

»Ihr kennt euch alle eine Ewigkeit, habt immer viel Zeit miteinander verbracht. Mit den Familien und so weiter. Womöglich ist irgendwann einmal etwas geschehen, was die beiden gegeneinander aufgebracht hat. Oder eine hat versehentlich etwas gesagt oder getan, was der anderen in den falschen Hals geriet. Hat das gar nicht gemerkt. Sie haben es nicht thematisiert und das Zerwürfnis fing schleichend an.«

»Das wäre furchtbar.« Ich bleibe stehen und sehe mich um. Spätes Dezemberlicht umhüllt uns. Die Sonne ist weit auf den Horizont zugerutscht. Färbt sich beinahe minütlich dunkler. Ein Ball wie eine Apfelsine. Schließlich nur noch ein schwach leuchtendes Fragment.

Vom nahen Flughafen startet ein Jet. Die Maschine kommt mir unglaublich nah vor. Gemeinsam folgen wir mit den Augen ihrem Flug.

»Ich stelle mir vor, wir beide sitzen da drin.« Ich zeige auf das Flugzeug, das gerade durch die Wolkendecke stößt und nach ein paar Sekunden nicht mehr zu sehen ist. Rundherum gehen immer mehr Lichter an. Ein verträumtes, freundliches Schauspiel.

Wir stehen da und genießen die Stimmung. Ich will nicht an den Streit denken. Und an meine Vermittlerrolle. Obwohl ich nicht drumrum kommen werde. Weihnachten könnte das Fest der Versöhnung sein, denke ich mir und muss grinsen. Wie kitschig!

Die Nacht legt sich wie eine samtene Decke auf uns, den Park, die Welt.

»Blaue Stunde«, sagt Helen. »Das mag ich. Das haben wir im Sommer nicht.«

Typisch Helen. Sie sieht immer das Gute.

9.

Als ich aufwache, ist die Welt ganz anders als gestern. Es hat geschneit. Wie elektrisiert stehe ich rasch auf. Ziehe die Gardine beiseite. Der Matsch von gestern ist unter einer dicken weißen Schicht verborgen. Auf den Zweigen haben sich bauschige Schneehäufchen festgesetzt. Sie sehen beinahe aus wie Baumwolle. Und werden immer höher. Die erleuchteten Fenster der Schule mache ich hinter einer Wand aus fallenden Schneeflocken aus. Ich ziehe mich rasch an. Möchte hinaus, durch den Schnee wandern, die Arme ausstrecken, mit der Zunge die Flocken einfangen.

Als ich in die Stiefel steige, beschließe ich, einen Thermobecher einzustecken und unterwegs einen Coffee-to-go zu kaufen. Normalerweise frühstücke ich zu Hause. Doch oft, wenn ich mich mit Helen getroffen habe, komme ich auf neue Ideen.

Es ist noch dunkel. Im Hof schaufeln ein paar Leute im Schein der Laternen ihre Pkws frei. Ich nicke ihnen zu.

»Verrückt, nicht? Von wegen Klimawandel! So viel Schnee habe ich seit Jahren nicht gesehen.« Der Nachbar, der mich angrinst, rammt seine Schaufel in die weiße Pracht. Ein paar Kinder fangen mit einer Schneeballschlacht an.

Eine heitere Aufregung liegt in der Luft. Ich freue mich, daran teilzuhaben. Am Kiosk um die Ecke lasse ich meinen Becher mit einem Caffè latte füllen. Ausnahmsweise nehme ich ein wenig Zucker. Die Straße ist geräumt, die Gehsteige nicht. Anwohner kratzen mit Schneeschaufeln, andere haben nur einige Handvoll Streusalz hingeworfen. Ich wate durch die Schmelzlöcher. Jemand verteilt mit verbissenem Gesicht Splitt. An den Ampeln bilden sich wie jeden Morgen lange Schlangen. Es kommt mir vor, als liegt mehr Ungeduld in der Luft. Viele sind zu spät losgekommen, mussten die Autos abkehren. An der Bushaltestelle fege ich den Schnee von der Bank und setze mich. Mantel und Kaffee halten mich warm. Schlagartig wird der Verkehr weniger. Acht Uhr, die Schule fängt an. Die Eltern, die ihre Sprösslinge weggebracht haben, fahren zur Arbeit weiter. Langsam wird es dämmrig. Ich sehe auf die Uhr. Halb neun. Urplötzlich setzt der Schneefall aus. Als sei endlich genug abgeworfen. Ich blicke zum Himmel. Die Wolken ballen sich dicht zusammen, eine graue, klumpige Bettdecke, die jedes Licht draußen hält. Ein Bus bremst. Ich winke ab, der Fahrer gibt Gas. Ich trinke meinen Kaffee und beobachte die Menschen. Es müsste spannend sein, solche Straßenszenen zu zeichnen. Nur lockere Skizzen. Wenige Striche, die dennoch einen Eindruck von dem vermitteln, was man sieht. Ich lasse die Schultern kreisen. Bisweilen vermisse ich es, nichts mehr zu tun zu haben. Gern würde ich mich wie früher in eine Gemeinschaft von Menschen fallen lassen, die einen Plan für den Tag haben. Wahrscheinlich habe ich längst den Stress, die Mühe, die Erschöpfung vergessen, die von einem angefüllten Arbeitstag ausgehen. Seit Jahren kann ich mich dem nicht mehr aussetzen. Es war nicht meine Wahl. Irgendwie kam es so.

Mir wird kalt, ich stehe auf. Der Schnee knarzt, wenn man Fuß vor Fuß setzt. Ich wende mich in Richtung Park. Werde mit dem Handy einige Fotos schießen und Helen schicken. Eigentlich sollten wir unseren Spaziergang wiederholen, heute, unbedingt. Ich muss lächeln, so sehr belebt mich dieser Wintereinbruch. Als ich in den Seitenweg zum Park einbiege, reißen die Wolken auf. Es ist, als klafft ein Riss am Himmel. Blau bricht der Himmel durch. Licht flutet aus dem Riss. Ich bleibe stehen und sehe nach oben. Atme tief ein und aus. Mein Kaffeebecher ist leer. Ich stecke ihn in die Tasche.

Warum gehe ich so selten raus? Ich weiß es nicht. Ich sitze zu Hause, sehne mich nach einem Termin, mache aber keinen aus. Die Pfefferkuchenfrauen kommen meist zu mir. Das zwingt mich, wenigstens einkaufen zu gehen. Nur mit Helen erkunde ich neue Orte. Oder alte Orte neu. Mein Lächeln wird breiter. Zusammen mit Tamara habe ich früher oft Sprachspiele gemacht. Was mich zurück in das holt, was man Wirklichkeit nennt. Die kleinen Traumata, die Kümmernisse. Dieser dumme Streit. Die kalte Angst, meine Freundinnen zu verlieren. Nichts wird mehr so sein, wie es vorher war. Ich kann es nicht ertragen, Freundschaften zerbrechen zu sehen.

Mein Handy klingelt. Eine Festnetznummer, hier aus der Stadt, die ich nicht kenne.

»Hallo?«

»Guten Morgen, Tante Ines, hier spricht Sina. Ich hoffe, ich habe dich nicht geweckt?«

»Nein, gar nicht, ich bin schon auf den Beinen.«

»Du, wir haben doch schon öfter über deine Rezepte gesprochen.«

Nun fängt sie wieder damit an. Meine Freude über den Tag, durch die Erinnerung an den Streit zwischen Ro und Tamara ohnehin getrübt, verfliegt gänzlich.

»Sina, ich weiß nicht …«

»Nein, Tante Ines, warte. Im Verlag wollen wir eine neue Reihe etablieren. Kulinarik aus dem Leben gegriffen. Du weißt ja, Kochbücher sind oft dicke Wälzer mit Zutaten, von denen kein Mensch weiß, wo er die kaufen soll. Viel zu aufwendig. Die Erklärungen zu kompliziert. Keiner will so kochen. Wir haben vor, kleine Booklets zu entwickeln. Mit leicht zu kochenden Speisen. Auch mal für besondere Anlässe, aber unkompliziert. Nicht mehr als sechs Zutaten, nichts, wofür es spezielle Techniken oder Gerätschaften braucht.«

»Booklets …«

»Wie sagte man früher? Handreichungen.« Sina scheint erleichtert, ein Wort gefunden zu haben, das ich verstehen könnte. »Alles wird immer größer und breiter, nimmt mehr Platz weg. Denk an die Dickschiffe von Autos, die auf den Straßen herumfahren. Und die Bücher schwellen eben auch an. Wer braucht solche Wälzer? Man sehnt sich einfach nach einer neuen Idee. Möchte etwas ausprobieren. Tante Tamara ist von deinen Suppen immer hellauf begeistert. Vielleicht wäre das etwas für den Anfang. Ein Bändchen über Suppen. Ich bräuchte nur deine Rezepte. Den Rest machen wir.«

Ein Lieferwagen braust an mir vorbei. Das Schmelzwasser am Straßenrand spritzt wie eine Fontäne in meine Richtung. Ich wende das Gesicht ab, während die Brühe auf mich niederrieselt. Gegenüber liegt der Park. Weiß glänzen die Bäume in der Sonne. Die Wege sind noch unberührt. Ich sehe zum Himmel.

»Tante Ines, bist du noch dran?«

»Ich weiß nicht, was ich sagen soll.«

»Das ist doch keine große Sache.« Nun kommt die Ungeduld in Sina hoch. Ich kenne sie. Sie hat Temperament und nicht die Sanftmut ihrer Tante.

Ich will nicht, dass jemand ›den Rest macht‹. Dass jemand meine Rezepte, einen Teil von mir, unter Marketinggesichtspunkten ausformuliert und mit passenden Fotos, die die Wirklichkeit schönen, garniert. Der das Durcheinander in meinem geknickten Pappdeckel feilt, schleift, lackiert. Meistens habe ich nur ein neues Gericht erschaffen, wenn es sich irgendwie ergab. Nicht beabsichtigt, sondern weil ich ein paar Lebensmittel zu Hause hatte, die allmählich verbraucht werden mussten. Spontane Ideen, Versatzstücke. Kulinarische Zirkusnummern.

Die Wolken schließen sich. Ehe ich meinen Fuß in den Park gesetzt habe, um die Erste zu sein, die einen Weg spurt, schaltet die Welt auf Grau.

»Nein, Sina«, sage ich ruhig. »Ich möchte das nicht. Ich sehe meine Suppen und alles andere nicht als etwas, das alle Welt kennen sollte.«

»Natürlich springt ein angemessenes Honorar für

dich raus. Du wirst sogar am Umsatz beteiligt! Und es wäre wirklich nicht allzu viel Mühe. Wenn du mir deine Zettelsammlung ausleihst, kopiere ich sie und schreibe alles ins Reine.«

Zettelsammlung? Hat Tamara ihr von meinem Pappdeckel erzählt?

»Danach schicke ich dir den Text, und du gehst ein einziges Mal drüber«, zwitschert Sina weiter. »Um zu korrigieren.« Sie schweigt, weil sie merkt, dass ich nicht antworte.

»Sei mir nicht böse, Sina. Das sind meine Sachen. Meine Gedanken. Meine Rezepte. Die sind nur für mich da. Und für meine Freundinnen. Nicht als Texte, sondern als Mahlzeiten. Tut mir leid.«

Ich warte ihre Antwort nicht ab. Lege auf und betrete den Park. Schnüre durch den tiefen Schnee, spure mit meinen Stiefeln Wege. Da ist diese kleine, sirrende Gewissensregung, ob ich Sina Unrecht getan habe. Und zugleich die Kraft in den Beinen, die mich weiterzieht, hinauf auf den Hügel. Ich überhole eine junge Frau, die mit riesigen Kopfhörern auf den Ohren in Schlangenlinien durch den Schnee zieht. Eine neuerliche Wolkenlücke lässt Lichtpunkte tropfen. Ich atme tief durch. Die Luft ist kalt und feucht, ich inhaliere tief, pumpe mich voll mit dem Licht, dem glitzernden Schnee, den Momenten, die mir gehören, dem kleinen Ad-hoc-Jubel in mir. Die junge Frau holt auf und lächelt mir zu. Ich lächle zurück, während die Lücke im Himmelsgrau sich dehnt, ausbeult, weitet, während Winde und Strömungen hoch über mir die Wolken auseinanderreißen und fortjagen.

10.

Vier Tage sind es seit dem Nikolaustreffen, und Ro hat noch nicht angerufen. Zu Katie habe ich gesagt, dass ich nicht der Prellbock sein will. Doch warum schaltet Ro mir gegenüber auf stur? Mit mir liegt sie schließlich nicht im Klinsch.

Nach dem Frühstück schäle ich eine von Helens Apfelsinen, als es an der Tür klingelt.

Ro? Mein Herz schlägt schneller. Früher ist sie immer unangemeldet gekommen. Es gab keinen Grund, sich anzukündigen. Meine Wohnungstür war nicht einmal abgeschlossen. Jeder, der wollte, konnte hereinmarschieren.

Ich haste zur Gegensprechanlage.

»Ines! Gott sei Dank, du bist zu Hause.« Eine tränenerstickte Stimme, die ich kaum erkenne.

»Fini? Bist du das?« Ich drücke auf ›öffnen‹.

Fini, Leos Frau, kommt die Treppen herauf. Sie trägt eine Jeans, einen Anorak und Sneakers. Vom Schneematsch sind sie völlig aufgeweicht.

»Ich habe Leo in die Klinik bringen müssen«, fängt sie an, bevor sie sich in meine Arme wirft. Fini war nie theatralisch. Deutlich jünger als Leo, brachte sie Nerven wie Drahtseile in die Beziehung mit. Ein Sicherungssystem für die Familie, von dem alle profitieren, denn Fini weiß stets Rat und wird sofort tätig, wenn ihr Eingreifen verlangt wird. Ehemann und Kinder gewöhnten sich daran. Mit dem Ergebnis, dass sie sich bei Gefahr im Verzug in eine Art Standby-Modus versetzen und abwarten, bis das Wesentliche erledigt ist.

»Um Himmels willen.« Ich nehme ihr den Anorak ab.

Ihr Gesicht ist fahl, die Lippen beinahe weiß. Sie streift die nassen Sneakers ab und tappt auf Socken in meine Küche. Auf zwei verschiedenfarbigen Socken.

»Heute Morgen stand er auf. Es ging ihm nicht gut. Überhaupt nicht. Er versuchte, sich nichts anmerken zu lassen. Nichtsdestotrotz habe ich es gemerkt. Er schaffte es kaum in die Küche. Ich goss Tee auf, da jammerte er über Schmerzen. Zuerst wollte ich ihm feuchtheiße Umschläge machen, das hilft manchmal. Plötzlich heulte er auf. Wie ein verletzter Hund klang das, Ines! Er kam fast um vor Schmerzen. Noch während ich den Notruf wählte, winkte er ab. Er wollte niemanden. Er bildete sich ein, zurechtzukommen. Verrate mir mal, wie man so stur sein kann!« Fini schluchzt. »Als der Notarzt kam, haben sie ihn sofort für den Transport bereitgemacht. Ich bin im Krankenwagen mitgefahren. In der Klinik haben sie mich allerdings abgewiesen, sie müssten ihn wahrscheinlich unverzüglich operieren.«

Ich drücke Fini sanft auf meine Küchenbank. Die Klinik liegt nur zwei Bushaltestellen entfernt von mir. Leo war schon öfter stationär dort. Fini zieht ihr Handy aus der Jeanstasche.

»Ich habe gar kein Geld mitgenommen, so schnell ging das.« Sie zuckt die Achseln. »Heute hätte er zur Voruntersuchung gesollt. Wegen der OP, die er immer wieder verschoben hat. Weil er immer noch etwas abwarten wollte. Wie sich die Schmerzen entwickeln. Und dies und jenes. Er hätte das vor einem halben Jahr machen lassen sollen. Konnte sich nicht dazu durchringen.«

Wir starren beide ihr Handy an, als könne sich eine Stimme melden und uns die Situation erklären.

»Es ist doch nicht gesagt, dass es dadurch …«, fange ich an.

»Natürlich nicht! Bloß stecken einem die verdammten Grübeleien in sämtlichen Hirnwindungen fest. Man malt sich das Schlimmste aus. In allen Farben. Kein Abend, an dem ich ihn nicht anschaue, als würde ich ihn zum letzten Mal sehen. Das ist doch krank! Nachts, wenn ich aufwache, halte ich meine Hand unter seine Nase. Ich will seinen Atem spüren, wissen, dass er noch lebt. Wenn er sich mittags aufs Sofa legt, schleiche ich alle paar Minuten um ihn herum. Ich habe immerzu Angst. Und jetzt habe ich noch viel mehr Angst, verdammt!«

Fini legt den Kopf auf meinen Tisch, neben den Teller mit den Orangenstücken, und weint. Ich will meine Hand auf ihre Schulter legen. Berühre mit meinen Fingern vorsichtig den Stoff ihres Sweaters.

»Möchtest du Kaffee?«, frage ich leise.

Sie reagiert nicht. Ich stehe dennoch auf und mache Wasser heiß.

Als ich die Kanne auf den Tisch stelle, hebt sie den Kopf. Achtlos wischt sie die Tränen weg.

»Wissen die Kinder Bescheid?«

»Ich warte, bis das Krankenhaus mich anruft. Ich brauche etwas Konkretes. Wozu die Pferde scheu machen?«

Das ist die Fini, die ich kenne. Strategisch und bestimmt.

Wir sitzen eine Weile da und trinken unseren Kaffee.

»Wie hast du das geschafft?«, fragt Fini schließlich. »Wieder zu leben ... danach?«

Für einen winzigen Augenblick krampft sich mein Herz zusammen. Niemand hat mich bisher so deutlich gefragt. In all den Jahren nicht. Nach dem Unfall taten meine Freundinnen alles, um mich zu trösten. Sie übernachteten in den ersten Wochen abwechselnd bei mir. Sie kauften für mich ein. Halfen mit dem Papierkram. Helen lenkte mich ab, indem sie mich nach sechs Wochen in ein Museum schleppte. Ich dachte, ich könnte keinen Schritt gehen, stellte jedoch nach dem Besuch in der Ausstellung erstaunt fest, dass ich ungefähr eine Stunde lang nicht an den Tod gedacht hatte. Nicht an die Menschen, die ich verloren hatte. Bis wir das Museum verließen und mich das Elend erneut überfiel.

»Ich weiß nicht so genau«, gebe ich zu. »Eine Struktur hilft. Und Freundinnen.«

»Ich will ihn nicht verlieren. Er ist ein Clown, ein Chaot, er reizt mich oft bis aufs Messer, aber ich will ihn nicht verlieren. Ich brauche ihn doch.«

Nachdenklich fange ich an, noch eine Apfelsine zu

schälen. Ich lege die Schnitze fein säuberlich auf den Teller, den ich Fini hinschiebe. Sie nimmt mechanisch und isst.

»Ich begriff irgendwann, dass ich Freude empfinden wollte. Mit meiner Familie und ohne sie.« Ich lege das Messer weg. »Ich konnte nicht ewig trauern.«

»In zwei Wochen ist Heiligabend. Er hat sich so über den Schnee gefreut. Vorgestern unternahmen wir einen langen Spaziergang. Wir fuhren mit dem Auto ein Stück aus der Stadt raus. Er wollte so gern weiße Weihnachten erleben.«

»Fini, er ist noch nicht tot«, entfährt es mir.

Sie guckt mich überrascht an. »Stimmt.« Ein trauriges Lachen folgt. »Stimmt. Sei ehrlich, Ines: Würdest du noch einmal eine Beziehung beginnen? Jetzt? Mit dem zeitlichen Abstand?«

Ich starre sie an.

»Verstehe mich nicht falsch«, sagt sie, »es ist nur … ich mache mir Gedanken. Ich brauche Informationen. Wenn ich weiß, wie es ist, kann ich mich darauf einstellen.«

Ich bewundere Menschen wie Fini. Menschen, die Pläne schmieden und diese abarbeiten. Die alles genau so erledigen, wie der Plan es vorsieht. Ich schaffe das selten. Mag sein, dass ich einen Plan habe. Was mir fehlt, ist die Entschlossenheit, ihm zu folgen. Ihn einzuhalten. Mich zu disziplinieren.

»Ich glaube nicht, dass ich bereit für eine neue Beziehung bin.« Ich kratze mit dem Fingernagel einen Rest Schale von meinem Apfelsinenschnitz. »Wobei das nicht richtig zutrifft. Ich habe keine Lust auf eine neue Beziehung. Geschweige denn die Nerven dafür.«

»Die Nerven?« Fini lacht schrill. »Wieso denn die Nerven?«

»Mich wieder auf jemanden einzustellen, das würde mir schwerfallen. In unserem Alter hat jeder seine Marotten, seine Rituale.«

»Na und?«

»Ich habe einfach keine Lust, mich noch mal nach einem Mann zu richten. Das habe ich lange genug getan.«

»Darum geht es nicht. Sondern ums Alleinsein. Ich will nicht allein sein.« Wieder fängt sie an zu schluchzen.

»Ich bin manchmal ganz gern allein. Aber an vielen Tagen fällt es mir schwer. Weihnachten ist die schlimmste Zeit. Eigentlich der ganze Winter. Wenn die Dunkelheit so früh hereinbricht. Dieses ewige Grau … davon werde ich depressiv. Allerdings glaube ich kaum, dass ein Mann daran was ändern könnte.«

»Du bist lustig! Jemanden zu lieben, gibt doch Energie. Für jemanden zu sorgen genauso! Ohne Leo – für wen soll ich sorgen? Die Kinder stehen auf eigenen Füßen.«

Ich bin mir nicht sicher, ob ich noch einmal für jemanden sorgen will. Zugegeben, mitunter habe ich über eine neue Beziehung nachgedacht. Rein theoretisch. Es gibt keinen Kandidaten. Ich wüsste nicht einmal, wie ich jemanden kennenlernen sollte, schließlich sitze ich meistens zu Hause. Der Punkt ist nur: Ich will für niemanden mehr kochen, putzen, waschen, mitdenken. Nicht in Form einer täglichen Routine. Nicht unter Zwang oder weil jemand »bitte« und »danke« sagt. Nicht, weil es sich eben so ergibt, weil es ja bequem ist und die Frau gut kochen kann. Ich schnappe mir das Messer und schneide das Weiße von meinem Apfelsinenstück. Der Saft läuft mir über die Finger. Das Messer rutscht ab. Die Schneide trifft den Daumen. Vor Schreck lasse ich los. Das Messer fällt auf den Boden.

»Hast du dich geschnitten?« Fini greift nach meiner Hand.

Ein wenig Blut tropft. Nicht viel.

»Nein, das ist nichts. Gar kein Problem. Ich hole schnell ein Pflaster.«

11.

Ich begleite Helen zur Bank. Früh am Morgen hat sie angerufen. Aufgelöst – eigentlich völlig konfus. Das mit dem Online-Banking klappt nicht. Für Helen ist allein das Wort eine Zumutung. Um die Gebühren zu sparen, hat sie sich überreden lassen, ihre Bankgeschäfte auf ›online‹ umzustellen. Um von einem Problem ins nächste zu stürzen. Ausgerechnet mich ruft sie an, wenn etwas nicht klappt.

»Du kennst dich doch aus, Ines!«

Unter meinen Freundinnen gelte ich als Computercrack. Was daran liegt, dass ich nie aufgebe. Ich beschäftige mich mit Rechner und Smartphone und dehne allmählich die Grenzen meiner virtuellen Welt aus. Nicht, weil es mir so viel Spaß bereiten würde. Nein, ich will nur den Anschluss nicht verlieren. In meinem Alter geschieht das leicht. Da gibt es diese und jene Neuerung, viele lehnen sie ab, denken, die Veränderungen gelten nicht für sie. Doch plötzlich funktionieren unsere Weisheiten nicht mehr, unsere Gewohnheiten werden geschreddert. Jäh sind wir gezwungen, umzudisponieren.

Ich will nicht, dass mir das passiert. Ich will up to date bleiben. Wenn ich für Helen und mich Konzertkarten bestelle, mache ich das online. Auch für Museumsbesuche buche ich Zeitfenstertickets im Internet. Ich überweise meine Rechnungen online und richte am Computer Daueraufträge ein. Mitunter bestelle ich Dinge des täglichen Bedarfs per App vom Handy aus. Falls ich in 20 Jahren noch lebe, will ich nicht wie der Affe vor einer Versuchsanordnung sitzen und nach Versuch und Irrtum entscheiden, auf welchen Knopf ich drücke. Ich möchte durchblicken.

»Dieser dämliche Freigabecode funktioniert nicht mehr. Dreimal bekam ich den Hinweis, ich hätte ihn falsch eingegeben. Und jetzt ist alles hinüber, Zugang gesperrt, ich kann gar nichts mehr machen!« Helens panische Stimme brachte mich dazu, mein Frühstück abzukürzen.

»In Ordnung, Helen, wir treffen uns an der Haltestelle bei deiner Bank. Ich fahre sofort los.«

Nun wartet sie bereits auf mich. Unter der Kapuze ihres lila Mantels, den weißen Schal bis zur Nase hochgezogen, leuchtet sie im Schnee wie ein exzentrischer Weihnachtsmann. Sie stampft mit den Füßen. Weniger um sich warmzuhalten. Ich kenne sie. Wenn sie nervös ist, kann sie nicht stillhalten. Als müsse sie all die Energie, die sie aufwühlt, in den Boden treten.

Sie schießt auf mich zu wie eine Gewehrkugel.

»Endlich! Ich stehe das allein nicht durch. Ich kapiere nie, was die mir erklären. Was bin ich froh, dass du Zeit hast!«

Ich habe immer Zeit. Anders als meine Freundinnen, die entweder arbeiten oder familiär eingebunden sind. So fest, dass es sie bisweilen stranguliert.

Ich bemühe mich um ein beruhigendes Lächeln. »Das wird schon, Helen.«

»Es ist die Katastrophe. Ich habe diese Rechnung hier, die muss ich überweisen. Strom und Gas. Ich möchte da ungern zu spät dran sein.«

»Wir gehen jetzt zu deinem Bankberater und klären das.«

Helen hält ihr Handy hoch. »Die App lässt sich nicht einmal mehr öffnen. Weiß der Himmel, wer mit diesem Kram überhaupt zurechtkommt. Eine Zumutung ist das. Ich drehe alles auf Anfang. Ich möchte Überweisungsträger von Hand ausfüllen und den Rest der Bank überlassen.«

Ich hake sie unter. Während sie weiterschimpft, stapfen wir vorsichtig über den glatten Gehsteig. Helen, die sonst immer ein Auge für schöne Dinge besitzt, egal wo, beschwert sich immer weiter. Ich lasse sie reden. Natürlich übertreibt sie. Tun wir das nicht alle, wenn wir überfordert sind? Das Leben ist so komplex geworden – niemand ist mehr imstande, die Mechanismen zu durchschauen, die unseren Alltag zusammenhalten.

Der Morgen ist grau. Es ist wärmer geworden, bestimmt wird der Schnee bald schmelzen und von der weißen Pracht, die sowieso nur noch auf Dächern und Bäumen halbwegs unberührt aussieht, wird nichts bleiben. Im Zwielicht strahlt der Schriftzug der Bank von dem Eckhaus vor uns.

»Also, rein in die Höhle des Löwen!« Ich knuffe Helen in den Arm.

»Die können sich auf was gefasst machen«, knurrt sie. »Ich werde hier einen Krieg vom Zaun brechen.«

Im Foyer der Bank stehen kleine tresenartige Gebilde herum. Hinter zweien sind Bankangestellte bei der Arbeit. Eine Frau hinter einem, ein Mann hinter einem anderen. Beide kümmern sich um Kunden. In gebührendem Abstand dahinter hängen bunte Plakate von der Decke. Auf einem sitzt eine junge Frau mit einer pfiffigen Lockenfrisur in einem Baum auf einem Ast, auf ihrem Schoss hält sie einen Laptop. Mit einem breiten Lachen betrachtet sie etwas auf dem Bildschirm. Darunter steht: Erledigen Sie Ihre Bankgeschäfte bequem und sicher.

»Ich möchte von der Frau beraten werden«, flüstert Helen. »Männer denken immer, wir Frauen kapieren in Sachen Technik sowieso nichts.«

Natürlich ist der Kunde, der mit dem männlichen Berater spricht, als Erstes fertig. Energisch schiebe ich Helen an den Schalter.

»Guten Morgen!« Der Mann grüßt freundlich. Er trägt eine Brille mit giftgrünem Gestell und hat sein kurzes Haar mit Gel zu einem kleinen Hügel genau auf seinem Scheitel drapiert. Am Sakko steckt ein Namensschild, das so klein gedruckt ist, dass ich es unmöglich entziffern kann. »Was kann ich für Sie tun?«

Helen mutiert zum Vulkan. All ihre Hilflosigkeit bricht aus ihr heraus wie glühendes Magma. Sie, die sonst mit beiden Beinen so fest im Leben wurzelt, die in jeder Situation Rat weiß, scheint einer Ohnmacht nah. Sie redet, klagt, schimpft. Behutsam drücke ich ihren Arm. Der Bankmann hält weiter tapfer an seinem Lächeln fest.

»Das ist kein Problem«, sagt er schließlich. »Ich drucke Ihnen einen neuen Registrierungsbrief aus. Dann richten Sie Ihre App einfach neu ein. Wählen einen anderen Freigabecode. Und damit ist das Problem erledigt.«

Helen holt tief Luft. »Ich habe die Nase voll!«, legt sie los. »Was sind das eigentlich für Lügen, die Ihre Bank hier verbreitet?«

Das Lächeln des Bankmannes gerät in Schieflage. Er versucht wacker, sich nicht aus der Fassung bringen zu lassen. Doch sein rechter Mundwinkel sackt sichtbar ab.

»Erledigen Sie Ihre Bankgeschäfte bequem und sicher!« Helen zeigt auf das Plakat. »Meinen Sie, es ist bequem, auf einem Ast zu sitzen? Wen wollen Sie eigentlich mit dieser schwachsinnigen Werbung anlocken? Leute unter 20? In dem Fall geht Ihre Bank allerdings pleite. Denn diejenigen mit dem Geld, das sind die Älteren.«

Der Bankmann bekommt seinen Mundwinkel wieder unter Kontrolle.

»Da haben Sie recht.«

Damit gräbt er Helen das Wasser ab. Sie starrt ihn an, mit offenem Mund.

Der Bankmann beugt sich vor. Endlich kann ich seinen Namen lesen: E. Bauder. »Uns ist auch völlig unverständlich, was die in der Werbeabteilung da zusammenrühren«, sagt er mit gedämpfter Stimme. »Sie wissen schon: Wir hier am Schalter, wir haben mit den Kunden zu tun, jeden Tag, aber die da oben«, er hebt in einer hilflosen Geste beide Arme in die Luft, »machen ihr eigenes Ding.«

»Ich stelle um«, verkündet Helen. »Weg von dem Onlinezeug. Erklären Sie mir mal, warum ich der Bank Arbeit abnehmen soll!«

E. Bauder nickt voller Verständnis. »Sie werden es nicht glauben.« Nun flüstert er. »Wir werden sogar angewiesen, nicht mehr so freundlich zu sein. Lieber kurz angebunden. Damit die Kunden nicht so lang am Schalter verweilen.«

Sprachlos sieht Helen mich an. Ich zucke leicht die Achseln. So ähnlich habe ich mir das vorgestellt. Überall übernimmt der Kunde die Arbeit. Im Supermarkt fing es an. Man sucht sich seine Waren selbst zusammen, stapelt alles auf das Kassenband, bezahlt und lädt den ganzen Kram um in seine Einkaufstaschen. Mittlerweile kann man an speziellen Kassen sogar selbst die Einkäufe einscannen. Warum sollten Banken das anders machen? Während ich mich damit längst abgefunden habe, ist Helen empört. Ich fürchte, gleich wird sie drohen, zu einer anderen Bank zu wechseln, die Presse einzuschalten und sich an den Verbraucherschutz zu wenden.

»Wissen Sie was? Hatten Sie schon einen Kaffee heute Morgen? Latte macchiato, Espresso, Mokka? Was immer Sie wollen. Ich lasse Ihnen und Ihrer Begleitung eine schöne Tasse aus unserer hippen Maschine, anschließend setzen wir uns dort hinten in den Beratungsbereich, und ich richte Ihnen Ihre App neu ein.«

Unversehens sitzen wir in roten Sesseln, aus denen Helens lila Mantel grell hervorsticht, halten hohe, schmale Becher aus geriffeltem Glas in den Händen und nippen an einem todschicken Heißgetränk. E. Bauder erscheint mit einigen Ausdrucken, lässt sich bei uns nieder. Richtet sein Hairstyling. »Wenn ich nun um Ihr Handy bitten dürfte …«

Mit einem gebieterischen Lächeln reicht Helen ihm das Smartphone so ladylike, dass ich mir das Lachen kaum verkneifen kann. E. Bauders Charmeoffensive hat einen Punktsieg erzielt. Für heute hat sie Frieden mit der Bank geschlossen. Der Vulkan ist erloschen.

12.

Ro und ich sitzen in einem ansonsten leeren Wartezimmer. Endlich hat sie angerufen. Gestern, kaum war ich von der Bank und dem Lunch in einem neuen Lokal, zu dem Helen in ihrem Triumph mich eingeladen hat, zurück zu Hause.

»Ines, ich muss morgen zu meiner Ärztin. Wegen der Blutwerte. Möchtest du mich nicht begleiten?«

Natürlich sagte ich sofort zu. Und da sitzen wir nun. Hinter dem Fenster sehen wir den Regen in langen dünnen Schnüren fallen. Gestern Abend hat er eingesetzt und über Nacht die Schneereste unerbittlich weggeschwemmt. Das Licht ist fahl. Eine immerwährende Dämmerung. Es ist später Vormittag. Mir kommt es vor, als sei es Abend. Ich würde gern von Fini erzählen. Leos OP ist einigermaßen gut verlaufen, hat sie mir gestern geschrieben. Und dass ich nicht nachfragen soll. Sie ist jeden Tag in der Klinik und möchte nicht mehrmals hintereinander Freunden und Verwandten im Detail erklären, was gerade mit Leo los ist. Wenn sich etwas substanziell ändert, wird sie sich melden. Doch ehe ich mir noch zurechtlegen kann, wie ich anfange, kommt auf quietschenden Sohlen eine Angestellte herein, geht auf Ro zu und sagt: »Tut mir wirklich leid. Ich weiß, dass Sie längst dran wären. Es dauert noch eine Weile. Wir haben einen Notfall reinbekommen.«

Ihr ehrlich betrübtes Gesicht nimmt Ro, die sich bereits aufregen wollte, den Wind aus den Segeln.

»Ist in Ordnung.« Sie schaut mich an. »Oder?«

Ich nicke. Noch verstehe ich nicht ganz, warum wir hier sind. Nur, dass Ro Verstärkung braucht, falls die Sache mit ihren Blutwerten Anlass zur Sorge gibt. Zu großer Sorge. Anscheinend hat sie so eine Vorahnung.

»Wie geht es dir denn?«, frage ich vorsichtig, als die Angestellte wieder weg ist. »Wie ist dein Blutdruck?«

Ro winkt ab. »Ein Desaster, über 200 die meiste Zeit. Die letzten Tage konnte ich nicht messen, die Batterien vom Messgerät sind leer.«

»Meine Güte, Ro, die sind ja nun nicht so schwer zu bekommen.«

»Ich kaufe nachher welche.«

»Du nimmst das zu leicht!« Ich kann es nicht fassen. »Warum hast du das nicht längst gemacht?«

»Wusstest du, dass meine Mutter auch hohen Blutdruck hatte? Katastrophal. Sie hielt die Familie in der eisernen Klammer zwischen systolisch und diastolisch gefangen. Egal, was gerade geschah, es machte etwas mit ihrem Blutdruck.« Ro schüttelt den Kopf. »Und jetzt geht es bei mir auch los. Dabei wollte ich nie so werden wie meine Mutter.«

»Das will wohl keine Tochter, oder?«

Ro zuckt die Achseln. »Ist es nicht merkwürdig? Je älter ich werde, desto näher rückt mir meine Kindheit. Ich sehe Vincent beim Aufwachsen zu und erinnere mich. An dämliche Einzelheiten, irgendwelche Banalitäten, die irgendwann mal passiert sind. Die rücken mir auf die Pelle wie Filzläuse. Tagsüber, nachts, immerzu. Ich werde sie nicht mehr los. Geht dir das auch so?«

Ich wiege den Kopf. »Manchmal, ja. Doch meistens sind es kleine, schöne Sachen, die mir in den Sinn kommen und die ich vermisse. Wie meine Oma Plätzchen backte und ich die Teigreste, die beim Ausstechen übrigblieben, aufaß.«

»Mir fällt nur der Müll ein. Die Trümmer!« Ro reibt mit den Händen über ihr Gesicht. »Oft denke ich, die Probleme mit meinem Sohn sind nur deshalb entstanden, weil ich in meiner eigenen Kindheit nicht zurechtkam. Dietrich ist so … Ich meine, wie kommt er dazu, seine Frau und sein Kind zu verlassen?«

Ros Sohn Dietrich ist tatsächlich ein Fall für sich. Ich habe nicht mitgezählt, wie viele Beziehungen er bereits in den Sand gesetzt hat. Als Vincent zur Welt kam, hoffte Ro, er sei endlich angekommen. Doch ein Jahr später trennte er sich, reiste auf unbestimmte Zeit nach Neuseeland und ließ Frau und Kind bei Ro zurück.

»Du siehst müde aus«, sage ich mitfühlend. Dietrichs Pathologien haben wir oft genug seziert.

»Ich bin hundemüde. Keine Nacht kann ich schlafen wegen diesem verdammten Blutdruck.« Theatralisch wickelt sie ihr Halstuch ab.

Die Haut unter ihren Augen wirkt aufgedunsen. Ihr Blick hat etwas Angestrengtes, Gestresstes. Als sie das Halstuch zusammengeknüllt auf ihrem Schoß ablegt, sehe ich, dass auch ihre Finger geschwollen sind. Wir sind die Einzigen in diesem Wartezimmer. Mein Blick schweift über die beigen Tapeten, die in die Jahre gekommenen Plastikstühle, die abgestoßenen Bodenleisten.

»Woran erinnerst du dich denn?«

Ro beißt auf ihre Unterlippe. Ein wenig Lippenstift bleibt an den Zähnen hängen.

»Mutters Ungeduld. Ihre verfluchte Ungeduld.« Ihr Gesicht rötet sich. »Sie konnte sich nie in Ruhe am Stück mit etwas befassen. Wenn es nicht gleich klappte, warf sie es hin und sagte: Wir warten, bis Vati heimkommt. Das hat mich wahnsinnig genervt. Zu Hause habe *ich* die Sachen repariert, die kaputtgegangen sind. Den Heißwasserboiler. Die Brotschneidemaschine. Ich habe es ihr gezeigt: Schau, funktioniert alles. Daraufhin wirkte sie angespannt. Als dürfte es das nicht geben, dass ich etwas kann und sie nicht.«

»Du hast Sachen repariert?« Ich bin baff. Die Ro, die nicht einmal Batterien für ihr Blutdruckmessgerät kauft, hat eine Brotschneidemaschine zum Laufen gebracht?

»Das waren wirklich nur winzige Probleme. Bei dem Heißwasserboiler war eine Manschette undicht, die habe ich ausgewechselt. Mein Vater war Handwerker, der hatte Ersatzteile zu Hause. Und die Brotschneidemaschine, um die hat sich nie jemand richtig gekümmert, bis die Schraube locker war, die die kreisrunde Säge hält. Also habe ich sie festgezogen. Denkst du, ich habe dafür ein Lob bekommen? Meine Mutter hat nur komisch geguckt und nichts gesagt. Als glaubte sie nicht, dass das Gerät wirklich wieder in Ordnung war. Siehst du, solche Dinge gehen mir jetzt ständig durch den Kopf. Das war früher nie so. Ich habe einfach nicht daran gedacht. Aber mit einem Mal kommt mir jeden Tag die Kindheit in die Quere. Davon werde ich noch krank.«

Ich bekomme eine Ahnung davon, weshalb wir in diesem Wartezimmer sitzen. Eigentlich habe ich mir vorgenommen, Ro auf den Streit mit Tamara anzusprechen. Sie um Einsicht zu bitten. Ihr von meinen Sorgen um unsere Freundschaft zu erzählen. Nun wirkt sie so niedergeschlagen, dass für mein Thema keine Chance besteht.

»Heute denke ich oft, ich habe meine Mutter mit solchen Alltäglichkeiten überflügelt. Dass sie mich als Konkurrenz empfand. Denn mein Vater schenkte mir Anerkennung. Wenn er abends nach Hause kam, ließ er sich erklären, wie ich das kaputte Zeug repariert habe. Im Nachhinein zeigte er mir zusätzliche Funktionen der Geräte und brachte mir Tricks bei. Als ich verheiratet war, musste ich nie darum bitten, dass Günther etwas richtete. Denn ich konnte es ja selbst. Verstopfte Abflüsse reinigen, eine Lampe anschließen … Als die Geräte zunehmend mehr Elektronik enthielten, wurde es schwierig. Da musste mein Sohn ran.«

Ich räuspere mich. Vielleicht kann ich hier einhaken. Ro jedoch ist in Fahrt. Ein Truck, der donnernd einen steilen Hang hinunterbraust.

»Mutter hatte keine Geduld mit mir. Überhaupt nicht. Es ging nicht nur um Gegenstände. Sondern auch um mich, meine Leistungen. Wenn ich eine Rechenaufgabe nicht gleich kapierte, zum Beispiel. Da ging sie sofort in die Luft. Sogar noch früher! Als ich die Schleife lernen sollte. Im Kindergarten haben sie gesagt, wer in die Schule kommt, muss eine Schleife können. Heutzutage haben die Kinder Klettverschlüsse an den Schuhen, die müssen sich nicht die Schnürsenkel binden. Aber damals! Ich machte es immer falsch. Ich konnte die erste Phase: die beiden losen Enden umeinanderlegen. Mit der linken Hand den ersten Schleifenbogen. Im Anschluss allerdings zog ich das freie Bändel durch den Schleifenbogen und nicht durch die Schlinge, die sich zwischen dem Bogen und dem linken Daumen gebildet hat. Das konnte natürlich nichts werden.« Ro starrt vor sich hin, als habe sie als einzige Hoffnung ihres Landes bei Olympia versagt. »Sie hat mich geohrfeigt.«

»Um Himmels willen.«

»Ich sage es dir ja! Sie hatte überhaupt keine Geduld. Eine Sache des Blutdrucks vermutlich. Habe *ich* Geduld? Nicht mehr viel, fürchte ich. Ich drehe beim geringsten Anlass hoch. Dabei habe ich mir immer vorgenommen, Dietrich anders zu erziehen. Liebevoller. Tja, so viel zu den guten Vorsätzen. Versagen auf der ganzen Linie.«

Erschrocken lege ich eine Hand auf ihr Knie. »Deine Mutter hat dich geschlagen? Das wusste ich nicht. Du hast es nie erzählt.«

»Weil ich es Teufel noch eins vergessen hatte!« Ro holt mit dem Arm aus. »Ich habe mich vor ihr gefürchtet. Vor ihren Wutanfällen. Ihr geflügeltes Wort war: Dann schmiere ich dir eine. Wenn du das machst – dann schmiere ich dir eine. Wenn du jetzt das und das nicht machst – und so weiter. In meinen schlaflosen Nächten der letzten Monate habe ich versucht, sie zu verstehen. Ich hab innerlich die Position eines Verteidigers eingenommen. Geschätzt, dass ihre Mutter genau dasselbe zu ihr gesagt hat. Dass es die einzige Erziehungsmethode war, die sie kannte. In dem Fall hätte sie selbst nichts anderes erlebt. Manches Mal gelang es mir, mich in sie hineinzuversetzen. Ich war kurz vorm Verzeihen – und weigerte mich doch. Schreckte richtiggehend davor zurück. Ich kann ihr nicht verzeihen, dass sie mich geohrfeigt hat. Und ich will es auch nicht. Es war nicht nur der Schmerz. Das Dröhnen im Ohr und die Sternchen, die vor meinen Augen auf und ab tanzten, wenn sie mir eine geklebt hatte. Es war vor allem die Demütigung. Sie hatte Macht, ich nicht. Und da war der Hass, der aufstieg. Wie von selbst fühlte ich: Wenn sie mich schlagen darf, darf ich sie hassen.«

Ro wendet mir ihr Gesicht zu. Ich sehe die Erschöpfung darin.

»Das reibt dich auf«, sage ich. »Lass es hinter dir. Um deiner selbst willen.«

»Würde ich ja, wenn ich könnte.« Düster starrt Ro zum Fenster hinaus. »Jetzt habe ich selbst hohen Blutdruck. Bin ihr ähnlicher, als ich je sein wollte.«

»Du hast deinen Sohn nie geschlagen!«

»Nein, habe ich tatsächlich nicht. Ich kam überhaupt nicht auf die Idee.«

»Also bist du nicht wie deine Mutter.«

Ihr Gesichtsausdruck wird weicher. »Vermutlich nicht.«

Wir sitzen und schweigen. Ich starre auf die abgestoßenen Bodenleisten. Ab und zu hebe ich den Blick und sehe scheu Ro an. Die hat sich ein Kaugummi in den Mund geschoben. Die Lider halb geschlossen. Hinter ihrer Zermürbung pulsiert ein Kraftwerk.

13.

In letzter Sekunde erwische ich die U-Bahn. Tamara hat mich spontan nach der Arbeit angerufen. Sie möchte Weihnachtsgeschenke einkaufen. Ob ich sie berate?

Ich habe so eine Ahnung, dass Sina sie vorgeschickt hat, um mir meine Rezepte abzuluchsen. Wahrscheinlich hofft sie, dass ihre Tante mich rumkriegt.

Am Nordostbahnhof steige ich aus und gehe die paar Minuten zum Einkaufszentrum, Wasserfontänen ausweichend, die von vorbeifahrenden Autos und Bussen aufgeworfen werden. Nur noch elf Tage bis Weihnachten. Passanten laufen vorbei, manche eilig, gestresst, andere Arm in Arm, gemächlich dahinschlendernd. Die Außenfassade des Einkaufszentrums blinkt in allen vorstellbaren Farben. Ein Mann im Nikolauskostüm drückt mir einen Flyer in die Hand. »Mehr als 60 Shops und Services«, steht darauf.

Tamara wartet gleich am Eingang, ihre riesige Tasche an sich gepresst. Sie sieht müde aus. Das Haar klebt an ihrem Kopf, feucht vom Regen. Hinter ihr funkeln die Lichterketten, baumelt ein gigantischer Adventskranz von der Decke. »All I want for Christmas is you«, verkündet eine näselnde Stimme.

»Wie war dein Tag?«, frage ich Tamara.

»Wie man's nimmt. Ros Schwiegertochter hat einen Anwalt in Stellung gebracht.«

»Bitte was?«

»Gegen den Kindergarten. Verletzung der Aufsichtspflicht. Sie will das ganze Programm lostreten. Wir haben getan, was wir konnten. Haben natürlich die Mütter einbestellt. Die stellen sich quer, die Emotionen haben sich noch nicht beruhigt. Diese jungen Frauen sind ständig am Kämpfen, sie haben niemanden im Hintergrund, der mal ein bisschen Ruhe ausstrahlt. Da ist nur Raum für Empörung, nicht für Vernunft. Wir haben einen Psychologen in Stellung gebracht und getan, was nötig ist, aber Ros Schwiegertochter lässt Vincent momentan zu Hause, und so können wir zwischen den Kindern auch nichts klären. Manchmal frage ich mich, warum ich nicht längst in Rente bin. Es gab eine Zeit, das hat mir mein Job echt Spaß gemacht. Das ist eine Ewigkeit her. Ich quäle mich nur noch durch die Tage.«

Ich bin schockiert. Habe angenommen, dass Tamara ihre Arbeit immer noch liebt. Sie ist durch Zufall in diese Richtung gegangen, nachdem sie zunächst Buchhalterin werden wollte, das Umgehen mit Zahlen jedoch seelenlos fand.

»Es war mein Traum, verstehst du? Mit Kindern zu arbeiten.« Tränen kullern über ihre Wangen. »Der ist definitiv geplatzt. Dabei geht es nicht um die Kinder. Mit denen habe ich fast nichts mehr zu tun. Ich schreibe Berichte und fülle Formulare aus. Führe Protokolle und hake Listen ab. Überprüfe offene Posten und …« Sie bricht ab, kramt ein Taschentuch hervor und tupft sich über das Gesicht.

Ich berühre sie sacht am Ellenbogen. »Meine Güte, Tamara, meine Liebe! Lass uns erst mal was trinken gehen.«

»Und was essen. Bei mir ist das Mittagessen ausgefallen.«

Mit dem Lift fahren wir in den obersten Stock. Ein Restaurant am anderen wirbt hier mit poppiger Aufmachung aus blinkenden Sternen, zappelnden Weihnachtsmannfiguren und beleuchteten Elchen um Kundschaft. Neben den üblichen Fast-Food-Läden gibt es auch ein paar, die biederer daherkommen. Wir entscheiden uns für ein italienisches Lokal, das wir im Sommer ab und zu ansteuern. Wegen der wunderbaren Terrasse, von der aus man bis zur Altstadt schauen kann. Auf den Tischen stehen Adventsgestecke, kleine goldene Weihnachtskugeln hängen an Fichtenzweigen.

Tamara bittet mich, für sie auszuwählen. Ich bestelle Rotwein und zweimal Lasagne. Die Bedienung blickt zwischen uns beiden hin und her.

»Zwei Gläser Wein?«

»Eine Karaffe.«

Kaum ist sie abgezogen, frage ich mich, ob Tamara wirklich in Sinas Auftrag mit mir unterwegs ist. Eher nicht. Sie wirkt so abgekämpft und traurig, dass sie überhaupt nicht imstande ist, für die Belange einer anderen einzutreten. Wir schweigen, bis die Getränke kommen.

»Auf dich, Tamara.« Ich hebe mein Glas.

»Ich kann nicht mehr, Ines. Mir hängt mein Job zum Hals raus. Aber ich kann noch nicht aufhören. Es ist noch zu früh für die Rente. Und in meinem Alter finde ich nichts Neues.«

»Heutzutage, wo überall das Fachpersonal fehlt? Mit deiner Qualifikation …«

»Meine Qualifikation! Ich hätte diese Fortbildung machen sollen, vor zehn Jahren, mein damaliger Chef hat mich bekniet. Fehler. Großer Fehler. Damit könnte ich jetzt auch in den medizinischen Bereich. In die Pflege.«

Ich erinnere mich an abendelange Diskussionen, in denen Tamara mir erklärte, warum sie das Ansinnen ihres Chefs, eine Fortbildung zu durchlaufen, bei der es um Management und Verwaltung ging, für absurd hielt.

»Ich wollte immer mit Kindern arbeiten. Mit Menschen. Nicht mit Papier. Was tue ich jetzt? Ich schaufle Papier von einer Seite auf die andere. Wühle mich durch Excel-Listen und ellenlange Mails. Da wollte ich nie hin.«

»Wenn man eine Leitungsfunktion innehat …«, beginne ich.

»Ich werde mit der Arbeit kaum fertig. Könnte jeden Tag Überstunden schieben. Heute bin ich einfach gegangen! Sonst bin ich meistens die Letzte, die das Licht ausmacht. Und die Erste, die es morgens wieder anschaltet.«

Unser Essen wird serviert. Tamara starrt auf ihren Teller. Ich habe sie beneidet. Hielt sie für glücklich in ihrem Job. Eine Frau, die genau das tut, was sie immer wollte. Ich habe mich getäuscht. Und sie hat nichts gesagt, hat das Thema nie angeschnitten. Viel zu lange nicht. Ich höre ihr zu, während sie sich auslässt über Mitarbeiter, Vorgaben, Fristen, Anträge. All diese Informationen wirbeln durch meinen Kopf und hinterlassen Chaos. Eine Welt, in der ich mich nicht mehr zurechtfinden würde. Allein der Gedanke daran ermüdet mich.

»Diese Umgebung macht mich kaputt, Ines. Was hältst du davon, wenn ich mich krankschreiben lasse? Bis Weihnachten. Vielleicht beruhige ich mich bis dahin. Es geht einfach nicht mehr weiter.« Sie lässt das Besteck sinken und drückt die Papierserviette auf ihre Augen.

Die Bedienung guckt zu uns herüber. Wahrscheinlich hält sie uns für Zombies, die sich aus einer Parallelwelt in ihr Lokal verirrt haben.

»Selbstverständlich kannst du das machen. Ich würde es an deiner Stelle versuchen. Deine Ärztin wird das verstehen. Du gehst doch seit Jahren zu ihr, oder?«

»Sie ist wie du.«

»Wie ich?« Mir entfährt ein verwirrtes Lachen.

»Sie denkt, ich bin der zufriedenste Mensch auf diesem Planeten. Immer patent, immer ruhig, immer überlegt, ohne Groll, total perfekt.« Sie greift nach der Gabel und stößt sie mit Wucht durch den Käsepanzer auf ihrer Lasagne. »Aber so bin ich nicht. Ich habe meine Zweifel. Ich bin oft genervt, ich lasse es mir bloß nicht anmerken. Wahrscheinlich habe ich einfach nicht den Mut, mich zu zeigen, wie ich bin.«

»Nonsense. Du wahrst die Contenance, da du andere respektierst und sie nicht ungerechtfertigt angreifen oder verunsichern willst.«

»Das sagst du, weil du gut von mir denken möchtest. Nimm Ro: Sie kann mich nicht mehr ertragen. Jahrzehntelange Freundschaft, gemeinsam verbrachte Ferien, unendliche Stunden an deinem Küchentisch – alles nichts mehr wert. Weil ein völlig fremdes Kind durchgeknallt ist.«

Ich denke an Ros bittere Reden gestern. Meine Freundinnen scheinen kollektiv von Jahren des Verdrängens in die Mangel genommen zu werden. Nachdenklich stupse ich mit dem Finger an eine der goldenen Minikugeln am Adventsgesteck. Sie löst sich und fällt auf den Tisch. Ein Sprung geht mittendurch. Die beiden Hälften halten noch zusammen, aber die Beschädigung ist deutlich sichtbar.

»Ich habe sie angerufen«, fährt Tamara fort, während sie die Kugel behutsam wieder befestigt. »Mehrmals. Wenn sie meine Nummer auf ihrem Telefon sieht, geht sie nicht ran.«

»Wer? Ro?«

Tamara hebt die Schultern. »Natürlich Ro. Wenn sie nicht einmal mit mir *reden* will …«

Ich beobachte, wie sie in ihrer Lasagne herumstochert. Ihr Weinglas ist leer. Die Karaffe auch. Ich ordere eine neue. Die Bedienung versucht sich an einem besonders aufmunternden Lächeln und sieht dabei aus wie eine Comicfigur. »Zum Wohl, die Damen!«

»Ro hat eigene Probleme.« Ich gieße Tamara das Glas voll.

»Ja?« Tamara trinkt einen Schluck Wein. Ihr Gesicht nimmt Farbe an.

»Ich habe sie gestern zu ihrer Ärztin begleitet. Ihr Blutdruck geht durch die Decke. Die Ärztin sagte: grenzwertig. Sie muss Tabletten nehmen und entsprechend eingestellt werden.«

Die Tragweite von Ros Gesundheitsproblemen erschließt sich mir jetzt erst, in dem Moment, wo ich Tamara alles erzähle. Als hätte ich die Information als eine Art Code mit mir herumgetragen und ihn erst jetzt entschlüsselt.

»Ro soll Tabletten …?«

»Die Sache geht schon länger.« Ich erinnere mich ungern an den warnenden Unterton der Ärztin. Ro sei bereits einen Schritt über der roten Linie. »Man hat ihr schon vor Jahren Betablocker verschrieben. Sie hat sie nicht genommen.«

»Oh Gott.«

»Tja, jetzt ist guter Rat teuer. Ihre Nieren sind angegriffen. Sie sieht schlecht. Das ganze System hat unter dem Blutdruck gelitten. Aber was rede ich dich mit Ros Problemen voll.« Traurig betrachte ich den Sprung in der Weihnachtskugel. Ist das aus unserer Freundschaft geworden? Vier Frauen, die tief drinnen längst unendlich weit voneinander entfernt sind?

Tamara schiebt ihren Teller weg. Die Hälfte des Essens ist noch drauf.

»Wir haben alle ein Talent, uns wegzudrehen und nicht sehen zu wollen, was auf uns zukommt.«

Ich drehe mein Glas in den Händen. Der dunkelrote Wein funkelt wie ein geheimnisvolles Versprechen.

»Leo, mein Cousin, musste vor drei Tagen plötzlich

operiert werden. Er hat schon länger Krebs, hat die OP jedoch immer vor sich hergeschoben. Ausflüchte gesucht, warum jetzt nicht. Gesundheit ist das eine. Die haben wir nur bedingt in der Hand. Die sonstige Lebensplanung ist eine andere. Du hast noch ein paar Jahre Arbeitsleben vor dir, Tamara. Lass dich krankschreiben und nimm dir Zeit, um herauszufinden, was du machen willst. Dir würde so vieles offenstehen.«

»Ich bin 55, Ines.«

»Na und? Ich habe letztens einen Artikel im Internet gelesen, dass die Stadt Busfahrerinnen sucht. Speziell Frauen. Sie können die Ausbildung kostenlos machen und werden anschließend übernommen.«

Tamara lächelt. Wenigstens das. Über ihr Glas hinweg sieht sie mich an. »Kannst du dir vorstellen, dass ich so ein Riesending durch die Straßen steuere?«

»Ich kann mir viel vorstellen. Enorm viel. Beinahe alles.«

Wir stoßen an.

Als wir bezahlt haben, schlüpfen wir in unsere Mäntel und gehen auf die Terrasse hinaus. Feiner Nieselregen fällt. Im feuchten Dunst scheinen die Lichter der Stadt sich in Schleier gehüllt zu haben. Tief unter uns tobt der Abendverkehr. Tamaras Feuerzeug klickt. Genießerisch bläst sie den Rauch in die feuchte Luft.

»Siehst du? Da wäre so ein Bus. Den könntest du fahren.« Ich zeige in die Tiefe.

»Hör schon auf.«

»Ich schicke dir nachher den Link zu diesem Artikel.«

»Falls du ihn noch findest.«

»Den finde ich, verlass dich drauf.«

Tamara drückt meinen Arm und lehnt ganz kurz den Kopf an meine Schulter.

14.

Katie lädt mich in ein Restaurant ein. Als Dankeschön für das Nikolaustreffen, sagt sie. Ach, das ist doch nicht nötig, will ich anheben, da kommt sie mir zuvor.

»Sag jetzt nicht, es braucht keine Gegeneinladung. Lass uns einfach zusammen ausgehen.« Ihre Stimme kiekst etwas, doch die Heiserkeit von neulich hat sich abgeschwächt.

»Die ganze Clique?«, frage ich vorsichtig.

»Nur du und ich. Wir beide, wir gönnen uns mal was.«

Nach einer unruhigen Nacht, in der ich viele Stunden grübelnd wach lag, bietet sich mir eine unverhoffte Abwechslung.

Dass Ro Tamaras Anrufe nicht annimmt, macht mir Sorgen. Ich habe mich die halbe Nacht lang in Gedankenspielen verheddert. Beide Freundinnen, Ro und Tamara, gehen gerade durch die Hölle. Ro mit ihren Flashbacks und ihrer angegriffenen Gesundheit, Tamara mit der Überforderung im Job. Warum muss Ro noch ein Extrafass aufmachen? Wie konnte die Narretei eines fremden Jungen sie so gegen Tamara aufbringen? Es will mir nicht in den Sinn. Umso besser, wenn nur Katie und ich ausgehen.

Wir verabreden uns mittags in einem kleinen Restaurant in der Altstadt, in dem wir beide noch nie waren. Katies Sohn hat es empfohlen. Ich fahre mit der U-Bahn. Unterschätze prompt den verbleibenden Fußweg und komme 15 Minuten zu spät. Katie steht vor der Eingangstür. In einem grünen Kleid, den Mantel nur locker darübergeworfen.

»Seltsames Wetter, was? Bei mir auf dem Balkon hat es 12 Grad. Ich glühe.« Lachend fällt sie mir um den Hals, meine Entschuldigung wegen der Verspätung gar nicht beachtend. »Toll, dass du Zeit hast.« Sie hakt sich bei mir ein, zieht mich in den ersten Stock. Dort liegt dieses neue, nach Katies Aussage hochgelobte Restaurant mit Blick auf die Burg.

Ein junger Mann in schwarzen Jeans, weißem Hemd und weißen Sneakers kommt uns entgegen.

»Freut mich, Sie beide hier zu haben, Katie. Danke für Ihre Reservierung.«

»Das ist Ines! Meine älteste Freundin!« Katie strahlt mich an. »Und das ist Bertram, ein Freund meines Sohnes.«

Meine Verblüffung hält sich in Grenzen, Katies Vernetzung in der Stadt ist sprichwörtlich. Bertram nimmt uns die Mäntel ab. Ich trage dunkle Hosen und eine gemusterte Bluse. Gegen Katies Grün komme ich nicht an. Sie hat eine Perlenkette umgelegt und trägt ihre Lieblingsohrringe, die mit den hellroten Granatsteinen.

»Ich wusste nicht, dass Sonntagsstaat angesagt ist.« Das klingt nörgeliger als beabsichtigt. Ich lasse mich auf den Stuhl fallen, den Bertram für mich zurechtgerückt hat, und versuche Schadensbegrenzung durch ein Augenzwinkern.

»Du liebe Güte, Ines, Trübsal haben wir in unserem Leben genug geblasen. Jetzt wird geschlemmt.« Sie greift nach der Speisekarte. »Du bist eingeladen. Und damit du nicht das Billigste wählst, nehme ich das Teuerste. Egal, was es ist.«

Ich muss lachen. »Du spinnst.«

»Nein, ist doch wahr! Wir haben beide nicht viel Geld, aber wie viele Jahre bleiben uns noch? Wie oft sitzen wir zusammen in einem netten Lokal und lassen es uns gutgehen? Viel zu selten. Also entspann dich.«

Sie winkt Bertram und bestellt zwei Gläser Prosecco.

»Auf uns! Auf die Freundschaft!«

Sie ist in Hochstimmung. Ein Teil von mir will sich anstecken lassen, ein anderer Teil rebelliert. Mein liebster Cousin liegt nach einer schweren Operation im künstlichen Koma. Ich habe heute Morgen eine Nachricht von Fini bekommen. Man weiß nicht, wie es weitergeht. Er ist noch nicht über den Berg. Zwei andere Freundinnen sind in eine Art Privatkrieg eingetreten. Darf ich mich amüsieren?

»Ist irgendwas?« Katie sieht mich aufmerksam an.

»Ich war gestern mit Tamara im Einkaufszentrum.«

»Ach nee.«

»Sie wollte Geschenke kaufen. Am Ende saßen wir bei Rotwein und Lasagne, und ich habe versucht, ihre Tränen zu trocknen.«

»Was ist denn passiert?«

»Tamara hasst ihren Job.«

»Ich glaub's nicht.« Katie schüttelt den Kopf. »Sie mag die Arbeit im Kindergarten doch so gern, habe ich gedacht.«

»Das ist vorbei. Sie will sich bis Weihnachten krankschreiben lassen.«

»Schlechter Plan. Sobald sie den ganzen Tag zu Hause hockt, kommt sie erst recht ins Grübeln.«

Bertram erscheint, nimmt die Bestellung auf, von der ich nur Bahnhof verstehe.

»Habe ich Krebsfleisch gehört?«, frage ich.

»Lass dich überraschen. Übrigens, ich …«

»Tja, also Tamara«, hebe ich an.

Katie beugt sich vor. »Ines, ich gehe nicht mit dir essen, um die Sorgen von anderen durchzudiskutieren.«

»Sie ist unsere Freundin!«

»Das bleibt sie auch, wenn wir nicht vor Kummer um sie vergehen.«

»Aber …«

»Du brauchst mal ein bisschen Abstand von deinem eigenen Kopf.«

Verblüfft starre ich Katie an. Sie leert ihr Proseccoglas. Im Nu steht Bertram neben unserem Tisch und öffnet eine Flasche Wein. Katie kostet mit spitzen Lippen, nickt begeistert. »Den nehmen wir. Wunderbar.«

»Eine ganze Flasche? Gibt es etwas zu feiern?«

»Ja, das Leben. Unser Leben. Am Nikolaustag fiel mir auf, wie erschöpft du aussahst. Du hast ständig zwischen Ro und Tamara vermittelt. Ihre Befindlichkeiten sondiert und dich nach Kräften bemüht, die Spannungen auszugleichen. Das hat mich geärgert. Sie erachten es als selbstverständlich, dass sie auf dir herumtrampeln können.«

»Das ist doch Quatsch. Wir sind Freundinnen, wir helfen einander.« Ich erkenne Katie nicht wieder. Sie nippt am Wein.

»Richtig. Daher die Einladung. In dieses wunderschöne Restaurant. Sieh mal, der Weihnachtsschmuck – endlich mal nicht so platt und plastikmäßig.«

Ich sehe mich um. Rote Kerzen auf allen Tischen, rote Stoffservietten. Rund um den Tresen hängen rote und goldene Kugeln an Bändern unterschiedlicher Länge von der Decke herab. Sanfte Klaviermusik perlt durch den Raum. Die Atmosphäre wirkt feierlich, aber nicht overdressed. So gut es mir gefällt, mit Katie hier zu sitzen – in meinem Kopf hämmert ständig ein Gegenargument. Ich will nicht auf mir sitzenlassen, dass Tamara oder Ro auf mir herumtrampeln. Es stimmt einfach nicht. Meine Schultern fangen an zu schmerzen.

»Was denkst *du* denn über diesen Konflikt?«, frage ich, während ich ebenfalls vom Wein probiere. Das Aroma von Holunderblüten, Honig und ein wenig Nuss breitet sich in meinem Mund aus. »Der Wein ist hervorragend.«

»Wie ich schon sagte, ich möchte heute nicht über Konflikte sprechen.«

Bertram bringt zwei kleine Teller, auf denen etwas liegt, das wie Lachs aussieht. Dazu ein weißer und ein gelber Tupfer, bestäubt mit etwas Grünem. Ein Brotkorb landet vor uns auf dem Tisch.

»Hast du das bestellt?«

»Klar.« Katie grinst so breit, dass ich zurückgrinsen muss. »Wie gesagt, lass uns das Leben feiern.«

Ich betrachte sie prüfend. Mein Blick durchbohrt sie geradezu. Sie sieht mich an – und schaut weg. Errötet.

Katie, will ich sagen, gibt es was Neues?

»Komm, lass uns probieren.« Sie schnappt sich ihre Gabel.

Der gelbe Klecks schmeckt nach Senf und Sahne. Der weiße nach Meerrettich. Das grüne Pulver erweist sich als Dill.

»Lecker, was? Genau das Richtige für uns. Mein Sohn sagte mir, dass etliche Unternehmen in der Stadt versucht haben, ihre Weihnachtsfeiern hier auszurichten. Alles belegt. Ab morgen ist kein Tisch mehr zu bekommen.«

Ich finde solche Hypes übertrieben. Neueröffnungen werden in den Himmel gelobt, und kaum sind die Geschäfte ein halbes Jahr alt, schließen sie unerwartet.

»Skeptisch, Ines?«

»Von wegen. Es schmeckt köstlich!« Ich schneide meinen Lachs in kleine Stückchen, um möglichst lange etwas von dem himmlischen Geschmack zu haben. Katie gießt mir Wein nach.

»Tamara hat mir erzählt, dass Ro ihre Anrufe nicht annimmt. Sie hat es mehrmals versucht.«

Etwas klirrt. Wütend hat Katie die Weinflasche in den Cooler gestellt. Mit glühenden Augen sieht sie mich an.

»Ines!«

»Ich – entschuldige.« Auf gar keinen Fall will ich Katie gegen mich aufbringen. Und genau diese Vorsicht facht etwas in mir an. Ein dunkles, schmutziges Gefühl. Groll. Ernüchtert blicke ich auf meinen Teller. Lustlos spieße ich die letzten Bissen auf. Fahre mit dem Fisch durch die beiden Dips. Schiebe mir die Gabel in den Mund.

Ich fühle mich in Frage gestellt. Und gemaßregelt. Warum kämpft Katie so sehr dagegen, dass ich ihr von meinen Sorgen erzähle?

»Ines. Das sind nicht *deine* Sorgen«, sagt sie leise, als habe sie meine Gedanken erraten. »Es sind die Sorgen von jemand anderem. Zieh dir nicht deren nasse Socken an. Und sag jetzt nicht wieder, dass wir Freundinnen sind. Ich bin auch deine Freundin. Ich sitze dir gegenüber. Also?«

Erstaunt blicke ich sie an. Blinzele. Sehe genauer hin.

»Du hast …«, beginne ich.

»Ich habe?«

»Du hast einen Ohrring verloren.«

»Kann gar nicht sein.« Sie fasst sich an die Ohrläppchen. »Ach du Schande!«

Wie auf Kommando tauchen wir beide gleichzeitig unter den Tisch. Der Dielenboden ist blitzsauber. Doch beim Anblick der breiten Fugen kriege ich Fracksausen. Könnte der Ohrring … meine Güte, ich weiß genau, wie sehr Katie an diesem Schmuck hängt. Die Ohrringe waren das letzte Geschenk ihres Mannes.

»Hoffentlich habe ich ihn nicht auf der Straße verloren«, jammert Katie, mit der Hand über den Boden tastend. Bertrams Sneakers tauchen neben mir auf. Er geht in die Knie.

»Kann ich den Damen helfen?«

»Mein einer Ohrring ist nicht mehr da!«

»Weit kann er ja nicht sein.« Zu dritt robben wir unter dem Tisch herum. Ich stoße mir den Kopf an einem Stuhlbein, bevor Bertrams Schuh mein Knie erwischt und er sich wortreich entschuldigt.

»Schon gut, nichts passiert.«

Bertram zaubert von irgendwo eine Taschenlampe hervor. Sekunden später blitzt etwas rot auf.

»Hier!« Katie schlägt mit der flachen Hand auf den Ohrring, als wollte sie einer Stechmücke den Garaus machen. »Ich dachte, wir müssen hier noch den Boden aufreißen.«

Erleichtertes Lachen. Ich hocke mich auf die Fersen. Wir krabbeln unter dem Tisch hervor. Die anderen Gäste tuscheln, während sie uns zusehen, wie wir mühsam aufstehen, die Kleider zurechtzupfen und die Glieder recken.

»Was für ein Schreck.« Sie befestigt den Ohrring. In ihren Augen blitzt etwas auf, das ich nur schwer deuten kann.

»Trinken wir auf alles Verlorene und Wiedergefundene. Was meinst du?«

Ich stoße mit ihr an.

»Wie eilfertig dieser junge Mann uns geholfen hat.« Katie zwinkert mir zu.

Wir prusten los.

Als Bertram mit dem Hauptgericht kommt, haben wir uns immer noch nicht beruhigt.

15.

Der Restaurantbesuch mit Katie hat mich inspiriert. Sie hat recht: Zu selten unternehmen wir etwas, was uns aus unserer kleinen Welt herausreißt. Der Besuch im Supermarkt ist die einzige Abwechslung, die ich mir normalerweise gönne. Ich gehe durch die Regale und lasse neue Produkte in mein Universum. Nicht dass ich sie kaufe, ich sehe mir einfach die bunten Verpackungen an und spüre ihren Versprechungen nach. In meinem Einkaufswagen dagegen landet nur, was ich ohnehin brauche.

Als ich am Morgen aufgewacht bin, tat mir der Hals weh, und ich spürte ein Ziehen in meinem Kopf. Sollte also eine Erkältung im Anflug sein, hilft Hühnersuppe. Deswegen habe ich mich rasch angezogen – ordentlich warm, die Temperaturen sind über Nacht unter den Gefrierpunkt gesunken – und nach dem Frühstück sofort die Einkaufstasche geschnappt. Nun steuere ich meinen riesigen Einkaufswagen zur Metzgertheke und wähle ein Biohuhn aus.

Die Verkäuferin kennt mich. Wir plaudern. Es sind nicht viele Kunden da. Ich erwähne, dass ich eine Suppe mache.

»Sie kochen das Huhn selbst aus? Wer macht das

noch! Das dauert Stunden! Und das ganze Gemüse, das man reinschnippeln muss …«

»Ich koche die Suppe ganz ohne Gemüse, nur mit einer Zwiebel.«

»Wirklich?«

»Ja, ein eigenes, besonderes Rezept. Anschließend kommen ein paar Eidotter dazu, ein Esslöffel Essig und frischer Koriander.«

Ich lasse die Frau an ihrer Theke staunend zurück. Das Rezept ist mir zugeflogen, wenn man so will. Ich erinnere mich nicht einmal mehr genau, wie. Wir hatten in der Schule ausländische Lehrer zu Gast, ein Kollege lud zu sich nach Hause ein … Vor meinem inneren Auge steht ein langer Tisch mit einer schier unerschöpflichen Menge Speisen in allen Farben und Konsistenzen. Grüne Spinatklößchen, garniert mit roten Granatapfelkernen, violette Auberginen, gelbe Nusssoßen. Eine Pracht für die Augen und den Gaumen. Und eben Hühnersuppe. Aus der Stereoanlage strömte Musik, die mich mit Energie auflud und gleichzeitig melancholisch machte. Im Zimmer mischten sich Düfte von Zigaretten, Kräutern und Kognak. Jahrzehnte ist das her. Das Hühnersuppenrezept wurde, auf die Rückseite einer Konzertankündigung gekritzelt, zu mir weitergereicht, vom oberen Ende des langen Tisches zum unteren. Es verschwand in meiner Handtasche und blieb dort, ehe ich es fast ein Jahr später ausgrub und die Suppe zum ersten Mal zubereitete. Der Duft nach Koriander zog durch die Wohnung. Mein Mann schnupperte am Topf und küsste mich auf den Nacken.

Ich belade meinen Einkaufswagen zusätzlich mit Mehl und Mandeln, die ich für weitere Pfefferkuchen brauchen werde, und stelle mich an der Kasse an. In einer Schütte liegen dort Tüten mit Vogelfutter, das hätte ich beinahe wieder vergessen. Ich bezahle und verlade das schwere Huhn, die frischen Eier, die Zwiebeln und alles andere in meiner Tasche. Als ich vor die Tür trete, schneit es. Tief atme ich durch. Meinen Kopfschmerzen tut das gut, dem Hals weniger. Ich richte meinen Schal und mache den Umweg über den türkischen Laden, wo ich zwei dicke Büschel Koriander erstehe.

Ich schleppe Huhn und Erinnerungen nach Hause. Die Suppe hat etwas Magisches. Sie spült Fetzen von dem los, was einmal war. Als noch alles anders war und auf eine bessere Art schön. Als ich noch nicht allein war. Der Korianderduft bleibt nicht in der Tasche, sondern flutet durch die eisige Winterluft direkt in meine Nase. Ich schniefe. Meine Augen tränen. Die Kälte.

Zu Hause wasche ich das Huhn, nachdem ich es aus der harten Plastikverpackung evakuiert habe. Ich hole meinen größten Topf aus dem Küchenschrank, lege das Huhn hinein. Wo ist eigentlich dieser Zettel mit dem Rezept? Ich habe die Suppe so oft zubereitet – ich brauche keine Anleitung mehr. Dennoch sehe ich noch die krakeligen kleinen Buchstaben auf dem zerknitterten Papier vor mir. Geschrieben an einer überfüllten Festtafel bei schlechtem Licht und jeder Menge Ablenkung in Form von Musik, Unterhaltungen und Alkohol.

Mein Gedächtnis will nicht lockerlassen. Es spult diesen Abend wie einen Film ab. Wacklig, mit kurzen

Aussetzern und nicht in der besten Bildqualität. Manches wirkt verschwommen, anderes überscharf. Wie hieß der Kollege, der zu sich eingeladen hatte? Meier? Müller?

Ro war dabei, auch sie mit ihrem Mann. Die beiden rauchten wie die Schlote, den ganzen Abend.

Ich beobachte, wie das Wasser zu kochen beginnt, reguliere die Temperatur. Rufe Ro an.

»Ines, wie geht es dir?«

»Das frage ich dich. Was macht dein Blutdruck?«

»Ich nehme die Tabletten.«

»Hoffentlich nicht nur ein paar Tage lang.«

»Hör schon auf. Meine Schwiegertochter ermahnt mich von früh bis spät. Tu dies nicht, mach das. Iss was Vernünftiges. Ich mag eben am liebsten Brot mit ordentlich Butter drauf.« Ro schnaubt. »Da wird man alt, ist bis zum Überlaufen angefüllt mit Lebenserfahrung und muss sich Maßregelungen von der angeheirateten Verwandtschaft anhören.«

»Komm vorbei. Ich koche gerade Hühnersuppe.«

Für Momente ist es still in der Leitung. »*Die* Hühnersuppe?«

»Genau die.« Ich drehe die Hitze noch etwas zurück. »Appetit?«

»Immer.«

Ro stürmt durch die Wohnungstür, als ich das Fleisch bereits grob zerteilt habe und gerade die gekochte Zwiebel zusammen mit den Eidottern in einer Extraschüssel püriere.

»Diesen Duft erkenne ich unter tausenden!«, behauptet sie. »Hast du den Koriander schon rein?«

»Nicht doch! Erst, wenn ich serviere.«

»Wahnsinn! Wie viele Jahre habe ich diese Suppe nicht gegessen. Wie hieß noch gleich dieser Kollege …«

»Darüber zerbreche ich mir seit Stunden den Kopf. Meier oder Müller …«

»Seine Frau war eine kleine, energische Person mit schwarzen Haaren, die viel lachte. Erinnerst du dich?« Ro fährt ihren Zeigefinger aus und stupst die Fleischstücke an, die auf einem Teller liegen. »Kommt das alles wieder in die Suppe?«

»Nur ein paar Stücke. Aus dem Rest mache ich noch Hühnchensalat. Schnapp dir ein Messer und schneide mundgerechte Stücke aus den guten Teilen.«

Ro legt los. »Mann, was die für Salate auf dem Tisch stehen hatten! Außerdem gab es Fladenbrot, das war frisch gebacken. Mit Käse gefüllt.«

Tatsache, ich rieche frisch gebackenes Brot. Ganz kurz.

»Und ich mochte dieses eine Bohnengericht. War das überbacken? Mit Käse?«

»Nicht dass ich wüsste.«

»Doch, Ines, da war eine ordentliche Schicht Käse drüber!«

»Bohnen, sagst du?«

»Dicke Bohnen, in einem Tontopf. Scharf. Mit Chili und Koriander.«

»Chili?« Hier setzt mein Gedächtnis nun wirklich aus.

»Und jemand kam mit einer Gitarre. So ein Typ mit

einer dicken Brille, der hockte sich dazu und spielte und sang.«

Sprachlos starre ich Ro an. »Bist du sicher?«

»Na klar. Weißt du das nicht mehr?«

»Ich glaube, die Musik kam aus der Stereoanlage. Die hatten einen ganzen Stapel CDs und sogar noch Platten.«

Ro legt das Messer weg. »Ja, anfangs. Bis dieser Sänger auftauchte. Er war nicht der begabteste unter der Sonne, aber die Stimmung heizte er ordentlich an.«

Ich krame in der Schublade nach einem Schöpflöffel und fange an, die heiße Brühe in die Schüssel mit den Eidottern laufen zu lassen. »Schön langsam, sonst stocken die Eier.«

»Meisterhaft. Du machst das meisterhaft, liebe Ines. Nie daran gedacht, ein Restaurant zu eröffnen?«

Ich muss lachen. Sie stupst mich in die Seite.

»Wir haben sogar getanzt, damals«, fügt sie verträumt hinzu. »Die haben im Nebenzimmer den Teppich eingerollt.«

Ich starre sie an. Auch das ist mir entfallen.

»Hast du das wirklich vergessen? Du hast mit deinem Mann getanzt, alle haben applaudiert.«

»Du führst mich an der Nase herum.«

»Nein!« Ro schüttelt in halb echtem, halb gespieltem Entsetzen den Kopf. »Na los, erinnere dich!«

Ich rühre in der Schüssel. Die Konsistenz der Suppe ist genau richtig. Sämig, weder zu dick noch zu wässrig. Was interessiert es mich, ob wir seinerzeit bei Meier oder Müller getanzt haben. Worauf ich jetzt ein Auge habe, ist diese Mischung aus Hühnerbrühe, Eidottern und Zwiebel. Ich messe einen Löffel Essig ab und rühre ihn dazu.

»Da drüben auf dem Schneidbrett ist der Koriander. Hol den mal her.« Ich lege die Fleischstücke, die Ro zurechtgeschnitten hat, in die Schüssel. Sie fügt die Kräuter hinzu. Sofort erfüllt der Duft die Küche. Meine Halsschmerzen ziehen sich abrupt zurück. Ros Augen leuchten.

»Ich habe nie Geduld zum Kochen«, sagt sie bedauernd. »Aber ich liebe es, wenn du kochst. Das ist ein besonderer Kosmos, irgendwie. Eine ganz eigene Welt, mit eigenen Gerüchen.«

»Deck den Tisch! Du weißt ja, wo die Teller sind. Und dann lass uns essen.« Mir knurrt der Magen. »Und zünde die Kerzen auf dem Adventskranz an.«

Ro ritzt ein Streichholz an. Drei Kerzen schon, denke ich. Drei schon.

Genüsslich löffeln wir die Suppe. Ro schließt die Augen. »Man schmeckt den Sommer, nicht wahr?«

»Der Sommer ist noch weit.«

»Im Gegenteil. Er ist genau hier.«

16.

Helen ruft an und lädt mich zu einer Vernissage ein. Am selben Abend. Eine junge Fotografin stellt aus. Ich soll pünktlich vor Ort sein, mahnt sie mich.

Ich bin dankbar für die Einladung, sehne mich nach Ablenkung. Obwohl Ro und ich gestern noch lange geredet haben, brachte ich es nicht über mich, sie nach Tamara zu fragen. Warum sie deren Anrufe nicht annimmt. Halb ging mir dabei Katies Kritik durch den Kopf, mir keine fremden Konflikte aufzuladen. Letztendlich wagte ich es nicht, das Thema anzuschneiden. Ich wollte die Stimmung nicht zerstören.

Nun martere ich mich seit dem Aufstehen mit der Frage, ob das gut oder dumm war, sinnvoll oder nur feige. Wenigstens sind die Halsschmerzen weg. Die Hühnersuppe hat ganze Arbeit geleistet. Kurz bevor ich mich mit Helen treffe, rufe ich noch Katie ein. Um mich für die Einladung vorgestern zu bedanken. Es meldet sich nur der Anrufbeantworter. Ein wenig enttäuscht hinterlasse ich eine kurze Nachricht und mache mich daran, das Vogelfutter, das ich gestern gekauft habe, auf einer Untertasse an einer geschützten Stelle meines Balkons zu platzieren. Aus sicherer Entfernung beäugt mich eine Kohlmeise.

Helen wartet vor einem Bürogebäude ein gutes Stück südlich des Hauptbahnhofs auf mich.

»Was ist das hier? Ein neuer Ort für Kultur?«, frage ich.

»Ja, gleich im Erdgeschoss!«

Von außen wirken die Räume einladend, hell und warm beleuchtet. Eine lange Schlange Menschen drängt sich am Eingang.

»Die junge Fotografin ist ziemlich bekannt.« Helen nennt einen Namen, der mir absolut nichts sagt. »Sie reist in Kriegsgebiete und fotografiert dort.«

»Bitte, sag mir nicht, dass ich mir jetzt deprimierende …«

»Sie ist wirklich sehr bekannt. Keine Angst, wenn uns die Fotos nicht zusagen, gehen wir einfach. Heute ist die beste Chance, gratis reinzukommen.«

Schmunzelnd lasse ich mich von Helen mitziehen. Wir betreten ein großes Foyer mit einer Theke am hinteren Ende, wo Getränke angeboten werden, versorgen uns mit einem Glas Sekt und schlendern durch die Räume. Die Fotos sind winzig. An den Wänden wirken sie wie kleine dunkle Flecken, die man leicht für Bleistiftzeichnungen halten könnte. Erst wenn man näher tritt, erkennt man, dass es überhaupt Fotos sind. Alle in Schwarz-Weiß.

»Seltsam. Warum sind die so klein?«

Helen zuckt die Achseln. »Werden wir schon noch herausfinden.«

Ratlos stehe ich vor einem Foto, das ein schwarzes und ein weißes Dreieck zeigt. »Helen? Was ist das?«

Helen kauft mir meine Verwirrung nicht ab. Sie knufft mich in die Seite.

»Sei nicht so spießig.«

Meine Furcht, blutige Kriegsverletzungen und zerfetzte Menschen zu sehen, schwindet. Während wir die Räume durchschreiten, stelle ich fest, dass sämtliche Fotos abstrakt sind. Helle und dunkle Formen in unklarer Anordnung. Wie kann eine junge Frau mit solcher Kunst derartig viele Fans haben? Immer mehr Menschen drängen herbei. Plötzlich schwebt eine Blondine in einem roten Hosenanzug heran. Gefolgt von einer jungen Frau mit dunklen Locken, die ein superkurzes schwarzes Kleidchen trägt, das ihr dekorativ über die linke Schulter rutscht.

Die Blondine ergreift das Wort. Sie ist die Kuratorin der Ausstellung, die im Kleidchen ist die Fotografin. Ich staune. Diese Welt wird mir allmählich fremd. Da werden Worte abgesondert, die ich kaum begreife. Ein Sachverhalt aufgebläht, der nichts Besonderes ist. Eine Frau hat Bilder in Kriegsgebieten gemacht und ihre Erfahrungen in abstrakte Formen umsetzt. So weit, so gut. Ich blicke Helen von der Seite an. Sie starrt die Kuratorin an und durch sie hindurch.

»Helen?«, flüstere ich.

Helen reagiert nicht. Wie festgesaugt klebt ihr Blick an dem Hosenanzug. Ich versuche, mich auf die Darlegungen der Kuratorin zu konzentrieren. Es funktioniert nicht. Als siebt mein Gehirn bereits alles Unwesentliche aus, bevor es mein Bewusstsein erreicht. Eine Art mentaler Hygiene. Ich fühle mich schuldig. Ertappt bei der

Unart, einer wichtigen Sache gegenüber gleichgültig zu bleiben. Noch schlimmer: völliges Unverständnis zur Schau zu tragen. Langsam lasse ich meine Augen durch den Raum wandern. Die meisten Besucher nicken wissend, lächeln zustimmend, wechseln verstehende Blicke.

»… die schwarz-weiße Optik ermöglicht es uns, die Kontraste zwischen Ausnahmezustand und Alltag schärfer zu sehen …«

Ich lasse Helen stehen, wandere so unauffällig wie möglich an den Wänden entlang. Dreiecke, blendend helle Kreise, ein überbelichtetes ausdrucksloses Gesicht vor einer dunklen Mauer. ›Syrien 2018‹, steht darunter. Nachdenklich lege ich den Kopf schief. Das Gesicht wirkt nun noch erstarrter, jeglichen Lebens beraubt. Ist es ein Mann oder eine Frau? Unmöglich zu sagen. Soll das bedeuten, dass das Geschlecht eines vom Krieg zerstörten Menschen unerheblich ist? In meinem Mantel wird mir heiß. Schweiß bildet sich auf meiner Stirn.

»… gelingt, dass wir trotz der Übersättigung durch verstörende Bilder dem Grauen des Krieges gegenüber wieder aufmerksam …«

Applaus brandet auf. Ich wende mich von dem Foto ab, suche Helen in der Menge. Sie steht immer noch genauso versteinert da, ihr Sektglas in der Hand.

Fotoapparate klicken, Handys werden gezückt, man bittet um Selfies mit der jungen Künstlerin, die ob all der Aufmerksamkeit rot angelaufen ist. Verlegen streicht sie sich ein ums andere Mal die Locken aus dem Gesicht. Ich kann nicht glauben, dass eine so schüchterne Person durch Kriegsgebiete gereist ist. Wie hat sie so ein Abenteuer bewältigt? Mit wem war sie unterwegs? Auf welchen Routen und mit welchen Verkehrsmitteln? Womit konnte sie eine derartige Unternehmung, die sich gemäß den Beschreibungen unter den ausgestellten Bildern über Jahre hinzog, finanzieren? Die Kuratorin wacht wie ein Habicht über die Künstlerin, führt sie nun weg, in eine Ecke, wo augenscheinlich einige Vertreter der Presse auf sie warten. Sie beantwortet Fragen, diktiert Sätze in Smartphones, die ihr entgegengestreckt werden. Permanent streicht sie ihre Locken zur Seite.

»Ines, da bist du ja.« Helen hält mir eine Tüte mit Spekulatiuskeksen hin. »Habe ich geklaut. Von der Theke. Ich brauche was Süßes.«

Ich greife in die Tüte. »Was hältst du …«

»Ich kriege das nicht auf die Reihe.«

»Was?«

»Glaubst du, dass dieses Persönchen durch Syrien gereist ist?« Helen schaut mich an. »Ich fühle mich verarscht, wenn du mich fragst.«

»Ich habe darüber auch schon nachgedacht.«

»Das ist doch ein Fake.«

»Du bist ja richtig sauer.«

»Was soll man davon halten?« Sie ist wütend, wirft einen Keks nach dem anderen in ihren Mund und kaut geräuschvoll. »Abgesehen von dem Sekt, den es umsonst gibt …«

»… und den Spekulatiuskeksen …«

»… abgesehen von dem Sekt und den Spekulatiuskeksen ist hier nichts echt.«

»Na gut, lass uns gehen.«

Wir drängen uns durch die Menge, stellen am nächstbesten Tisch unsere Gläser ab und treten auf die Straße.

Es schneit ein wenig. Keine dicken Flocken, nur ein sanftes Flimmern, das im Schein der Straßenlaternen wie silbriger Staub aussieht und sich auf dem Asphalt in Nässe auflöst.

Wir haken uns unter. Der Gehsteig ist glatt, behutsam setzen wir Fuß vor Fuß. An den Fassaden der Geschäftshäuser blinken Lichterketten. Viele Menschen sind unterwegs. Manche scheinen geradewegs von der Arbeit zu kommen und wirken viel zu erschöpft, um sich auf den Feierabend zu freuen. Eine winzige Katze flitzt aus einer Einfahrt. Schweigend gehen wir eine Weile. An der Ecke leuchtet warm und gemütlich ein Café. Helen zieht mich daran vorbei.

»Ich weiß auch nicht, warum ich mit einem Mal so genervt bin«, unterbricht sie schließlich die Stille zwischen uns.

Wir weichen einem Mann aus, der einen riesenhaften zotteligen Hund Gassi führt. Auf dem Gehsteig gegenüber kehrt jemand Splitt auf. Ein Taxi hält am Straßenrand, eine Frau steigt aus. Der Fahrer hievt einen schweren Koffer aus dem Kofferraum.

»Ich frage mich, Ines, was die Absicht hinter dieser Fotoserie ist. Angenommen, das Häschen hat die Fotos wirklich selbst geschossen. Und angenommen, sie hat ein Auge für Gegensätze, Widersprüche, Ambivalenzen. Dann baut sie sich eine Karriere auf dem Leid von Menschen auf. Kann man das so sehen?«

»Nun, ich denke, Kunst ist eine Form, die Welt zu interpretieren.«

»Das hätte von der Tussi im roten Hosenanzug kommen können.«

Ich muss lachen. Helen wühlt mit der freien Hand in ihrer Manteltasche und zieht einen Keks heraus.

»Das ist der letzte.«

»Lass ihn dir schmecken.«

»Im Ernst, das ist völlig unrealistisch. Sie ist keine 30 und will seit 2016 in Kriegsgebieten unterwegs gewesen sein? Stell dir vor, sie wäre deine Tochter.«

»Du glaubst, das ist erstunken und erlogen mit ihren Reisen nach Syrien, in die Ukraine, in den Jemen?«

»Hast du irgendwas auf den Fotos erkannt, was du zweifelsfrei an den entsprechenden Orten verankern kannst? Ich nicht. Ich habe überwucherte Mauern gesehen, Autowracks, Schrott, Gesichter, teilweise auch nur Menschen von hinten, das alles auch noch abstrahiert, unscharf. Diese Motive kann sie überall abgelichtet haben.«

»Warum würde man eine Lügengeschichte aufbauen, in dieser gewaltigen Dimension?«

»Um Karriere zu machen. Um Aufmerksamkeit bei den Kritikern zu kriegen. Die schreiben nicht über die Qualität der Fotos, sondern über die jugendliche Femininität der Künstlerin im Kontrast zum Grauen des Krieges. Damit schafft sie eine Grundlage für ihre zukünftige Arbeit.«

Fast körperlich spüre ich Helens Groll. Etwas Unterdrücktes, gleichwohl Kraftvolles, das sich Bahn bricht.

Helen, die immer das Schöne sieht, ist abgelöst worden von einer Person, die auf Krawall gebürstet ist.

»Du klingst so bitter«, sage ich leise.

Wir passieren eine Bushaltestelle. Ein Mann sitzt auf der Bank im Wartehäuschen und spielt ›O du fröhliche‹ auf einem Akkordeon.

Helen bleibt stehen. »Vielleicht, weil mein Leben im Vergleich so verdammt langweilig ist.«

17.

Wenn ich das Haus in guter Stimmung verlasse, übernehme ich eine neue Rolle. Aus der vorsichtigen Frau, die sich selbst nicht über den Weg traut, wenn es darum geht, ob Kerzen ausgepustet und Herdplatten ausgeschaltet sind, wird im Handumdrehen ein neugieriges Tierchen, das sich nicht sattsehen kann an all dem, was die Straße zu bieten hat.

Es ist noch eine Woche bis Heiligabend. Ich habe mittelprächtig geschlafen, in Gedanken mit Helens bitterer Reaktion auf die Vernissage gestern beschäftigt. Bin zu früh aufgewacht und habe nach der jugendlich-femininen Fotografin im Internet geforscht. Nicht viel zu finden, sie wird hochgelobt, ihr Umgang mit schwarzweißen Versatzstücken gilt als kühn, das Abstrakte der Fotos soll den Charakter einer späteren Retrospektive bereits in sich enthalten. Solche Phrasen ermüden mich. Während ich meinen Porridge esse, spüre ich, dass ich frische Luft brauche. Um die miese Nacht und die schwarzen Gedanken verwehen zu lassen. Als ich nach dem Frühstück warm eingepackt gegen die Kälte durch unseren Hof schlendere, die Nase tief in Ros gelbem Schal versteckt, taucht eine Frau vor mir auf, in einer roten Skijacke, die Kapuze über den Kopf gestreift.

»Hallo? Entschuldigung? Sie sind Ines, nicht wahr?«

Ich bleibe stehen. »Und Sie sind?«

»Stefanie.«

Sofort durchforste ich mein Gedächtnis nach einer Stefanie. Da kommt nichts. Es ist mir unangenehm. Ich müsste sie kennen. Was sagt man in solchen Situationen? Tut mir leid, ich erinnere mich gerade nicht an Sie?

»Wir kennen uns eigentlich noch nicht persönlich. Ich bin Ros Schwiegertochter. Dietrichs Frau.«

Verdattert stehe ich da. Der Sturmwind, der sich anschickt, Tamaras Kindergarten zu verwüsten, hat sich direkt vor mir aufgebaut.

Ich stammele etwas. Bin vor den Kopf gestoßen. Woher kennt sie mich? Wir haben uns einmal gesehen, durch Zufall. Bei Ro, zwischen Tür und Angel. Als diese – wie heißt sie gleich? – Stefanie mit Vincent schwanger war. Kurz darauf suchte der Vater des Kindes, nur ein knappes Jahr nach der Hochzeit, sein Heil in Neuseeland. Ende Gelände.

»Entschuldigen Sie, dass ich Sie hier so abpasse. Sie sind doch Ros beste Freundin. Ich ... vielleicht könnten Sie mir einen Rat geben. Es geht um die Sache mit dem Kindergarten. Also ...«

Trotz der Kälte spüre ich, wie sich meine Wangen rot färben. Was könnte diese ›Furie‹ – Zitat Tamara – von mir für einen Rat wollen? Wie immer, wenn ich gerade nicht ein noch aus weiß, versuche ich eine Flucht zu dem, was naheliegt: zu einer Energiespritze in Form eines Kaffees.

»An der Ecke, auf der anderen Straßenseite, ist ein Kiosk. Wollen wir dort etwas trinken?«

»Ja. Gern.«

Verstohlen mustere ich sie, während sie neben mir hertrottet. Unter der Kapuze ragt eine spitze Nase hervor. Sie ist sehr schlank, beinahe mager. Selbst die aufgeplusterte Jacke kann das nicht verbergen.

»Wo ist denn Vincent?«, frage ich, als wir an der Ampel stehen.

»Bei Ro.« Sie leckt sich über die Lippen. »Ich habe ihn aus dem Kindergarten genommen. Ro meinte, Sie kennen die ganze Geschichte?«

»Wenn Sie mir vielleicht erklären, was *Sie* unter der ganzen Geschichte verstehen?« Mir sind bisher zwei Versionen aufgetischt worden. Obwohl ich mich auf einen geruhsamen Spaziergang gefreut habe, bin ich schlagartig neugierig, welche Variante des Dramas mir Stefanie auftischen wird.

Die Ampel springt auf Grün. Wir überqueren die Straße. Gleich an der Ecke befindet sich der Kiosk. Eigentlich nur eine Nische im Wohngebäude, im spitzen Winkel. Ich stoße die Tür auf. Die Fenster sind beschlagen. Die meisten holen sich hier ein Getränk to go, deswegen finden wir einen Stehplatz ganz hinten. Hinter einem kurzen Tresen steht ein Mann in einem marineblauen Pulli und legt Kuchenstücke auf einen Teller. Ich will bestellen, doch Stefanie kommt mir zuvor.

»Nein, das geht auf mich. Was möchten Sie?«

»Cappuccino.«

Sie nimmt einen Matcha Latte mit Hafermilch. Die Getränke in der Hand, stehen wir da und durchdringen mit unseren Blicken die vernebelten Scheiben, an denen das Kondenswasser in breiten Bächen herabrinnt. Beobachten die Menschen, die zu Fuß unterwegs sind, alle eingemummelt und in ziemlichem Tempo, um sich warm zu halten. An der Bushaltestelle warten zwei Männer, während sie zeitgleich ein Videogespräch mit jemandem führen und angestrengt zwischen Handy und dem Bildschirm, auf dem die Ankunftszeit der Busse gezeigt wird, hin und her blicken. Ein überdimensionierter SUV hält, eine Frau in einem Pelzmantel schält sich aus dem Beifahrersitz und wirft ihrem Chauffeur eine Kusshand zu.

»Ich wusste nicht, dass es noch Menschen gibt, die Pelz tragen.« Das rutscht mir so raus. Ich komme mir sonderbar vor, hier mit Stefanie zu stehen, die an ihrem grünen schaumigen Getränk nippt. Wahrscheinlich benehme ich mich genau so, wie sie eine Frau aus der älteren Generation einschätzt: Eine, die immerzu darüber sinniert, was früher anders war und was heute nicht mehr gilt.

»Im Kindergarten kam es zu einem Eklat. Ein anderes Kind … Sie wissen?«

»Ein anderes Kind hat Ihr Kind bepinkelt.« Offenbar hat sie Probleme, die Dinge klar auszusprechen, womöglich auch nur, weil sie es vor mir tun muss und wir uns kaum kennen.

»Vincent ist total traumatisiert. Er weint ständig und will partout nicht mehr in den Kindergarten. Ich habe ihn in den letzten Tagen bei meiner Schwiegermutter gelassen, wenn ich arbeiten musste. Vorher bei meiner Mutter. Aber die arbeitet selbst noch. Schicht sogar. Und … Jetzt weiß ich nicht, was ich machen soll.«

Ich wärme meine Hände an meinem Becher. Das weiß ich auch nicht, will ich sagen. Habe es vielleicht sogar laut gesagt, denn Stefanie redet gleich weiter:

»Ich kann ihn dahin nicht zurückschicken, in diesen Kindergarten. Und einen anderen Platz bekomme ich nicht so schnell. Keine Ahnung, wie lange meine Schwiegermutter Vincent betreuen kann, wenn ich Dienst habe. Ich werde eine Menge Geld für eine extra Betreuung brauchen.«

»Warum, Stefanie?«

»Weil Nannys teuer sind!«

»Nein, ich meine, warum bringen Sie ihn nicht wieder in den Kindergarten? Sprechen Sie sich mit der Leitung aus. Gehen Sie auf die Angebote ein, die man Ihnen macht. Es war eine besondere Situation. Sie haben überreagiert.«

»Überreagiert?« Sie starrt mich entsetzt an. In ihrem Mundwinkel klebt grüner Schaum. »Ich? Meine Güte, was hätten Sie denn gemacht, wenn Ihr Sohn von einem anderen bepinkelt worden wäre?«

Mein Herz macht einen kleinen Satz. Ich betrachte den Milchschaum in meinem Becher.

»Oh. Entschuldigen Sie bitte!« Sie wird hochrot. »Ich … ich habe nicht daran gedacht … dass Ihr Sohn … Es muss furchtbar für Sie sein.«

»Mein Sohn ist tot, ja. Als er klein war, hatte ich auch an allen Ecken und Enden Streit zu schlichten. Probleme zu lösen, von denen ich vorher nicht mal im

Traum gedacht hätte, dass es sie überhaupt gibt. Ich sage Ihnen was, Stefanie: Es ist immer die beste Lösung, das Gespräch zu suchen.«

Stefanie ist eine Weile still. »Ich wollte das machen. Aber die Kindergartenleiterin lässt sich verleugnen.«

»Tamara?«

»Ja, sie ist für mich nicht zu sprechen.«

Das kann ich schwer glauben. Tamara ist eine Frau, die sich von Vernunft und Respekt leiten lässt. Nicht von Emotionen.

»Als ich gestern nach ihr fragte, hieß es, sie sei gar nicht im Haus. Ich habe Ro gefragt. Ich meine … Sie sind ja alle so eng befreundet. Doch Ro will von Tamara nichts mehr wissen. Sie ist mir keine große Hilfe.«

»Und Sie glauben, ich könnte eine Hilfe sein?« So langsam wird mir das hier zu bunt. »Hören Sie, rufen Sie sie an. Schreiben Sie ihr eine Nachricht. Warten Sie vor dem Kindergarten auf sie und wenn sie abends nach Hause geht, passen Sie sie ab. So schwer kann das doch nicht sein.«

Stefanie senkt den Kopf. »Das ist es ja: Im Kindergarten haben sie mir gesagt, dass sie nicht mehr zur Arbeit kommt.«

Donnerwetter. Das muss ich erst einmal sacken lassen. Vor vier Tagen haben Tamara und ich uns getroffen. Habe ich ihr nicht deutlich nahegelegt, sich krankschreiben zu lassen?

»Nie hätte ich gedacht, dass sie das so schnell erledigt«, murmele ich.

»Was?«

»Wovor haben Sie Angst, Stefanie?«

»Wie bitte?«

»Sie haben dem Kindergarten mit Klage gedroht. Einen Anwalt ins Spiel gebracht.«

»Ich … ich … Ro hat mich aufgehetzt.«

Mit Menschen, die andere beschuldigen, halte ich es nicht lange aus.

»Das ist Unsinn.«

»Hat sie! Wenn ich es Ihnen sage!« Stefanie wird laut. Der Mitarbeiter an der Kaffeemaschine guckt neugierig zu uns herüber.

»Sie sind eine erwachsene Frau. Wenn es im Kindergarten ein Problem gibt, müssen Sie das als Mutter lösen. Das können Sie nicht Ihrer Schwiegermutter anlasten. Wissen Sie eigentlich, was Sie da getan haben? Die Axt an eine jahrzehntelange Freundschaft gelegt.« Ich hätte einen Cappuccino mit Likör bestellen sollen. Mit irgendeiner magischen Substanz, die mich in der Balance hält. Ich verliere noch die Contenance in diesem beengten Kiosk. Reiße den Schal herunter.

»An dem Tag, als ich Vincent abholte und er verstört war und fremde Kleidung trug, war ich wirklich aufgebracht. Wie ich schon erwähnte, geht es dem Kleinen immer noch nicht gut.«

Ich hole tief Luft. »Haben Sie mal darüber nachgedacht, dass das Kind Sie nachahmt? Sie haben ein Problem mit diesem … ›Vorfall‹. Natürlich, verständlich, das ist demütigend für Ihren Sohn gewesen. Sie sind außer sich, Ro ist außer sich. Die Gefühle lassen sich nicht unter den Teppich kehren, sind immerfort präsent.

Ständig sprechen Sie mit jemandem über diese Sache. Das Kind ist meistens dabei. Oder nicht?«

Stefanie studiert ihre Stiefel. Sie kommt mir so jung vor. Mit der Mutterschaft brutal der unbeschwerten Jugend entrissen. Keine Clubnächte mehr, keine Freiheit, zu gehen, wohin man will. Stattdessen 24 Stunden am Tag Sorge.

»Aber Ro …«

»Im Ernst. Wollen Sie sich nicht einmal alle beruhigen?«

»Das will ich ja!« Sie schreit fast. »Es ist Ro, die darauf besteht, dass wir den Anwalt vorschicken.«

Ich mustere Stefanie nachdenklich. Ro kann Naturgewalten entfachen. Ich kenne sie gut genug. Wenn sie Feuer gefangen hat, ist niemand imstande, diesen Brand zu löschen, ehe er sich selbst verzehrt hat.

Ich stelle meinen Becher auf den Tresen. »Sprechen Sie mit Tamara. Vernünftig. Sie. Allein. Ohne Ro. Diese Sache hat mit Ro nichts zu tun.«

»Es ist schwer ohne den Vater.« Sie sieht zu Boden. »Ich hätte nie gedacht, dass ich so schnell verlassen werde. Ich möchte mich scheiden lassen, doch Dietrich stellt sich tot. Beantwortet keine Mails, keine Anrufe …«

»Das ist ein anderes Problem. Hat nichts mit dem Kindergarten zu tun.« Ich wickle meinen Schal wieder fest um meinen Hals. »Ich muss. Danke für den Cappuccino.«

Sie steht hilflos da, den Mund halb geöffnet, eine steile Falte teilt ihre Stirn. »Ich … wie kann ich Tamara denn finden? Ro weigert sich, mir ihre Nummer zu geben.«

Wenn es nur das ist … Ich krame einen alten Einkaufszettel aus meiner Manteltasche und kritzele mit einem Werbekuli von der Kiosktheke Tamaras Mobilnummer darauf.

»Die Nummer haben Sie nicht von mir.«

»Natürlich nicht.« Sie kann sogar ein wenig lächeln. »Ich behaupte einfach, meine Schwiegermutter hätte sie mir gegeben.«

18.

Das Treffen mit Stefanie steckt mir in den Knochen. Zu Hause habe ich eine kleine Backorgie veranstaltet, um mich zu erden, habe Pfefferkuchen produziert, so viele, wie die Zutaten hergaben. Nun stehe ich an der Balkontür, knabbere an einem, trinke einen Schluck Kaffee dazu, blicke in den trüben Tag und frage mich, ob Stefanie Tamara schon angerufen hat. Und wenn nicht, ob sie sie noch anrufen wird. Ich male mir die Konsequenzen aus: Wie wird Tamara reagieren? Wie geht es ihr überhaupt? Ich sollte mich bei ihr melden. Tief drin fühle ich mich verantwortlich. Als hätte ich den Auslöseknopf einer Atomanlage gedrückt und wartete jetzt auf den GAU. Geradezu erstaunlich, dass ich noch nichts von einer Explosion mitbekommen habe. Die unter Garantie kommen und für die man mich haftbar machen wird.

Ich halte mein Telefon schon in den Händen, bereit, Tamaras Kurzwahl zu drücken, als es klingelt.

»Tamara! Gerade wollte ich dich anrufen.«

»Ich möchte dir nur Bescheid geben, dass ich mich tatsächlich krankgemeldet habe.«

In mir bricht etwas auf. Ich weiß nicht, wie ich es nennen soll. Ängstlichkeit oder Erleichterung? Katies

Unkenrufe im Hinblick auf Tamaras Pläne, sich krankschreiben zu lassen, rasen in Höchstgeschwindigkeit durch meinen Kopf. *Schlechter Plan. Sobald sie den ganzen Tag zu Hause hockt, kommt sie erst recht ins Grübeln.*

»Wie geht es dir?« Ich setze mich an den Küchentisch. Drei Kerzen auf dem Adventskranz haben einen schwarzen Docht. In weniger als einer Woche ist Weihnachten.

»Das ist ganz seltsam. Heute ist der fünfte Tag, dass ich nicht zur Arbeit gehe. Es fühlt sich falsch an. Aber verdammt gemütlich. Ich könnte mich daran gewöhnen.«

Wir lachen beide. Hinter der Heiterkeit, die sie vorschützt, spüre ich ihre Verunsicherung. Und noch etwas weiß ich mit Sicherheit: Stefanie hat sich bei Tamara noch nicht gemeldet. Sonst wäre das Tamaras erste Information gewesen.

»Du wolltest mir einen Link schicken, über Busfahrerinnen, die gesucht werden«, erinnert sie mich.

»Meine Güte, das habe ich vollkommen vergessen!« Katies Einladung, die Vernissage und dann die Sache mit Stefanie … »Es war einiges los bei mir. Ich war mit Helen in einer Vernissage. Sonderbare Fotos aus Kriegsgebieten von einer ganz jungen Frau.«

»Davon habe ich im Internet gelesen.« Tamara zündet sich eine Zigarette an. Im Hintergrund höre ich das Feuerzeug klicken. »Ich habe ja jetzt Zeit und wandere durch das Netz wie eine Blinde, die nicht weiß, ob sie an dieser und jener Kreuzung schon einmal war.«

»Helen hat den Verdacht, dass die Fotos gar nicht aus Kriegsgebieten stammen.«

»Sie ist nicht die Erste, die das äußert, Ines. In einem Forum habe ich gelesen, wie andere sich über ihre Zweifel austauschten.«

Meine Aufmerksamkeit driftet ab. Ich sehe Helen vor mir, wie sie sich zornig einen Spekulatiuskeks nach dem anderen in den Mund schob. Mich lässt die Möglichkeit, dass es sich bei der Legende um die Fotografin und ihre Ausstellung um einen Betrug handelt, seltsam kalt. Menschen machen alles Mögliche für irgendwelche Ziele. Warum nicht auch diese Frau?

»Ines? Hallo?«

»Entschuldige, was hast du eben gesagt?«

»Ob du etwas von Ro gehört hast.«

Hitze steigt in mein Gesicht. »Nein, wir haben vor ein paar Tagen zusammen gegessen. Ich hatte Hühnersuppe gemacht.«

»Deine beste Suppe. Meiner Meinung nach.«

»Findest du?« Ich möchte beim Suppenthema bleiben. Es ist unverfänglich. Tut niemandem weh und löst keine Schockwellen aus.

»Mit dem Abstand jetzt, wo ich aus der Tretmühle raus bin, finde ich unseren Konflikt noch lächerlicher.«

Mir zittern die Hände. Ich stelle auf ›laut‹ und lege das Telefon vor mir ab.

»Was wirst du tun?«, frage ich.

»Ich? Was kann ich tun? Gestern habe ich es wieder bei Ro versucht. Sie geht nicht an den Apparat. Weißt du, wie man seine Nummer unterdrücken kann?«

»Nein.«

»Du, Ines, ich muss Schluss machen. Jemand ruft auf der anderen Leitung an.«

Ich fürchte, dass es Stefanie ist. Was habe ich da ausgelöst? War das richtig, Ros überspannter Schwiegertochter Tamaras Nummer zu geben? Was wird jetzt geschehen? Die Fotos aus den vermeintlichen Kriegsgebieten kommen mir in den Sinn. Wir Pfefferkuchenfrauen leben mit einem Mal in einer Kampfzone, jederzeit könnte eine Rakete einschlagen. Die Frontlinie zieht sich im Zickzack zwischen uns durch.

Ich suche den Artikel über die Busfahrerausbildung, schicke ihn an Tamara, stehe auf und wasche mein Frühstücksgeschirr ab. Checke mein Handy. Keine Nachricht. Ziehe mein Bett ab und suche frische Bettwäsche aus dem Schrank. Stopfe die schmutzige in die Waschmaschine. Vertue mich mit dem Waschmittel. Tief drinnen weiß ich, was mich so erschüttert: Wenn dieser Streit, so absurd er ist, die Freundschaft zwischen Tamara und Ro vernichtet, ist auch für mich nichts mehr so, wie es war. Nach dem Unfall waren meine Freundinnen an meiner Seite. In meinem Schock, meinem Leugnen, meiner Wut und meiner Depression haben sie auf mich aufgepasst und alles organisiert, was organisiert werden musste. Die Pfefferkuchenfrauen. Katie, Ro, Tamara. Nach einigen Wochen trat Helen auf den Plan. Schleppte mich mit auf einen Spaziergang. In ein Museum. In ein neues Geschäft. Sie ließ nicht zu, dass ich zu Hause in meiner Trauer versauerte. Trauern kannst du auch außerhalb deiner vier Wände, sagte sie.

Leo war damals noch in den USA … Meine Güte, Leo! Seit über einer Woche hat Fini nichts von sich hören lassen. Ich beziehe mein Bett neu. Im Kreuz zieht es. Womöglich sollte ich sie doch kurz anrufen … Ich zupfe die Tagesdecke zurück, als eine Nachricht auf meinem Handy eingeht.

Fast panisch greife ich nach dem Gerät. Helen! Sie hat mehrere Links geschickt. Quellen aus dem Internet, die ihren Verdacht, bei den Kriegsfotos handele es sich um ein Fake, bestätigen. Ich habe jetzt keine Nerven dafür. Klicke zwar die Links an, doch die Schrift verschwimmt vor meinen Augen. Alles ist unscharf. Auch meine Gedanken. Ich spüre nur noch Angst und Kummer. Mein Inneres ist in Aufruhr.

Um mich zu beruhigen, versuche ich mir einzureden, weder Leos Krankheit noch die Reibereien zwischen Tamara und Ro hätten etwas mit mir zu tun. Eine miserable Ausrede. Wir sind alle miteinander verbunden. Man sagt, Bäume kommunizieren mit anderen über viele Kilometer. Durch das Wurzelwerk und durch Pilzmyzele im Boden.

Ich habe auch so eine pilzige Verbindung zu den Pfefferkuchenfrauen. Zu Helen. Zu Leo und seiner Familie. Wir sind miteinander verwachsen. Egal, in welchem Zustand sich eine von uns befindet: Die anderen erleben jedes Drama mit. Wie kann Tamaras Traurigkeit Ro kalt lassen? So kenne ich Ro nicht. Sie ist ein Vulkan, manchmal hartnäckig, immer stur. Doch ist ihr die warme Verbundenheit zu unserer Clique so wenig wert? Was ist bloß los mit ihr?

Dietrich, ihr einziger Sohn, hat mit seinen Eskapaden eine Kerbe in ihr Leben geschlagen. Es muss an Dietrich liegen. Der erst Stefanie geschwängert hat und anschließend nach Neuseeland abgehauen ist. Der vor jeder Verantwortung wegläuft. Schon als er noch Schüler war, drückte er sich, wo er konnte. Mit dem Ergebnis, dass seine Versetzung jedes Jahr gefährdet war. Er hatte einige Baustellen: Englisch, Latein, Mathe. »Mangelhaft« in drei Fächern. Ro bat mich, ein gutes Wort für ihn bei der Schulleitung einzulegen. Schließlich saß ich im Vorzimmer, hatte ›da oben‹ einen Stein im Brett. Er behauptete, alles zu wissen, alles zu können, Wortschatz und Grammatik, nichts wäre ein Problem für ihn. Er hätte das perfekte Sprachgefühl. Nur die Lehrer würden es nicht erkennen. Er konnte sich selbst nicht leiden. Wir schoben es auf die Pubertät.

Man gab ihm die Chance, an den Nachprüfungen teilzunehmen. Die in Mathe und Latein setzte er in den Sand. Er musste das Jahr wiederholen. Die Pubertät schien nicht zu enden. Selbst als er mit Ach und Krach das Abitur hatte, wirkte er mit seiner Besserwisserei und Überheblichkeit wie ein 15-Jähriger.

Mein Handy klingelt. ›Tamara ruft an‹, vermeldet das Gerät eilfertig.

»Ja, Tamara?« Verzweifelt versuche ich mich an einem locker-lässigen Tonfall.

»Du glaubst nicht, was passiert ist!«, bricht es aus ihr heraus.

»Was denn?« Meine Stimme kiekst plötzlich, wie Katies.

»Ros Schwiegertochter hat angerufen. Sie will sich mit mir aussprechen.«

»Wirklich? Das ist ja fabelhaft.« Meine Stimme zittert. Ich bin es nicht gewöhnt, mich zu verstellen.

Zum Glück ist Tamara so aufgeregt, dass es ihr nicht auffällt.

»Stell dir vor, Ro hat ihr meine Nummer gegeben.«

»Nicht zu glauben.« Mein Herz rast.

Eine kurze Pause stellt sich ein.

»Ja, eigentlich nicht zu glauben«, sagt Tamara schließlich. »Morgen treffe ich mich mit ihr. Auf neutralem Boden. In einem Café in der Innenstadt. Sie hat sich entschuldigt, das war schon mal das Erste.«

»Und die Drohung mit dem Anwalt?«

»Ist vom Tisch.« Tamara seufzt auf. »Sie sperrt sich nicht länger gegen das Angebot, Teds Mutter und unseren Psychologen zu treffen. Du glaubst nicht, wie erleichtert ich bin. Ich habe schon den ganzen Verwaltungskram vor mir gesehen. Protokolle, Gespräche, Telefonate, das ganze Blabla. Sinnlose Zeit und sinnloses Geld. Wäre besser investiert für die Kinder.«

»Das hört sich großartig an, Tamara. Also ist die Frau zur Vernunft gekommen?«

»Scheint so.«

Wir schweigen beide eine Weile. Ich schaffe es, mich zu beruhigen. Während ich das Handy an mein Ohr presse, nehme ich ein Glas aus dem Schrank und fülle es mit Leitungswasser.

»Seltsam nur, oder? Dass Ro ihr meine Nummer gegeben hat. Wo sie selbst nicht mit mir reden will.«

Mir fällt das Glas aus der Hand. Es knallt in die Spüle und zerspringt in tausend Splitter.

»Ines? Ist was passiert?«

»Ich wollte etwas trinken, da ist mir das Glas aus der Hand gerutscht. Ich werde auch immer schusseliger.«

19.

Früh am Morgen werde ich durch ein ungewohntes Klingelzeichen meines Handys geweckt. Schlaftrunken taste ich nach dem Gerät. Brauche eine Weile, bis ich verstehe, was ich da lese: Auf der Warnwetter-App, die ich vor Kurzem installiert habe, erscheint die Information, dass wir ab heute Abend mit einem Kälteeinbruch, Blitzeis und anschließendem heftigen Schneefall zu rechnen haben, der gut einen weiteren Tag lang dauern könnte.

Ich stehe auf, schaue aus dem Fenster. Es regnet. Dünne Schnüre fallen dicht an dicht, weben einen nassen Teppich. In der morgendlichen Dunkelheit scheinen die hellen Fenster im Schulgebäude zu verschwimmen, wie Spiegelbilder auf einem bewegten Fluss. Es sind dies die kleinen Momente im Winter, die mich glücklich machen. Für die ich früher nie Zeit hatte. Als ich, zerrieben zwischen Familie und Arbeit, keinen Raum für mich selbst fand. Damals verstand ich zum ersten Mal, warum man einen bestimmten Zeitabschnitt als ›Zeitraum‹ bezeichnet, weil Zeit auch etwas ist, in dem man Platz finden, sich bewegen kann. Nun habe ich zu viel davon, verliere mich in dem großen Zeitraum, der inzwischen ganz allein mir gehört. Ein Raum, so gigantisch wie das unendliche Weltall.

Eine Stunde später schlüpfe ich in Mantel und Stiefel. Ich will raus, nur für den Fall, dass ich in den nächsten 24 Stunden wegen des Wetters im Haus eingesperrt sein sollte. Der Regen hört schlagartig auf, als ich unseren Hof durchquere. Ich klappe meinen Schirm ein. Auf der Straße lasse ich mich treiben, bis ich zur U-Bahn komme und kurz entschlossen in die Innenstadt fahre. In der Fußgängerzone ist trotz des frühen Vormittags einiges los. Touristen strömen wie magnetisch angezogen zum Christkindlesmarkt. Die Geschäfte locken mit vorweihnachtlichen Sonderangeboten. In dem trüben Licht wirken die hell erleuchteten Auslagen wie die Versprechen einer herrlichen Welt. An der Eingangstür einer Buchhandlung entdecke ich ein Plakat, das die Fotoausstellung bewirbt, die ich mit Helen besucht habe. Das Gesicht der Künstlerin ebenso in Schwarz-Weiß abgelichtet wie ihre Bilder. Daneben hängt eine Einladung zum Weihnachtskonzert in der Elisabethkirche. Eine Frau rempelt mich an, entschuldigt sich wortreich.

»Wirklich, es tut mir leid. Wir stehen ja alle so dermaßen unter Strom, nicht wahr?«

Ich ringe mir ein Lächeln ab, komme mir dumm dabei vor. Ich stehe nicht unter Strom.

Sie zieht die Kapuze vom Kopf. Ihr Pony klebt verschwitzt an ihrer Stirn. »Jetzt machen sie uns auch noch verrückt wegen diesem Blitzeis. Verstehen Sie das? Früher war einfach Winter. Da wusste man, es kann schneien, glatt werden und so weiter. Jetzt kommt immerzu eine Warnung: zu kalt, zu heiß, zu windig, zu viel Schnee oder Starkregen. Ich habe mir überlegt, diese ganzen Apps zu löschen. Warum brauche ich die? Macht mich alles nur verrückt. Wobei, so als verantwortungsbewusster Bürger beziehungsweise Bürgerin will man sich da halt nicht rausnehmen. Na, Entschuldigung noch mal. Und fröhliche Weihnachten.«

Sie drängt sich an mir vorbei in die Buchhandlung, navigiert zwischen den Tischen hindurch, auf denen turmhoch Bücher aufgestellt sind, und taucht im Hintergrund ab.

Ihr Redeschwall hat mich durcheinandergebracht. Eben noch wollte ich mir ein paar Bücher ansehen, jetzt stößt mich die schiere Masse des Angebots bereits am Eingang ab. Ich drehe mich um – und erstarre.

Gegenüber, vor einem Modegeschäft, steht Katie und betrachtet aufmerksam die Auslage. Katie, die nie shoppen geht, sondern ihre Kleidung im Internet bestellt … Das Verrückteste jedoch, das, was einfach nicht real sein kann, ist der Mann, der Katie untergehakt hat und sich gerade zu ihr beugt, um ihr etwas zuzuflüstern. Katie bricht in Lachen aus, drückt ihren Kopf an die Schulter des Mannes, und so stehen sie da, ganz vernarrt in ihr Spiegelbild im Schaufenster. Ich weiche zurück, habe plötzlich Angst, dass sie mich sehen könnten in der Reflexion der Scheibe. Doch sie haben nur Augen füreinander. Schlendern schließlich weiter. Ich mache ein paar Schritte. Als wollte ich ihnen folgen. Sie beschatten. Du spinnst, Ines, sage ich zu mir selbst. Lass das.

Also bleibe ich stehen, verwirrt, fast ängstlich, weil ich immer noch glaube, dass meine Sinne mich betrogen haben.

Diese Szene eben – das war so vertraut, so liebevoll, so … Gänsehaut kriecht über meinen Rücken. Ich spanne den Schirm auf und halte ihn vor mich wie ein Schild. Kann mich nicht bezähmen, laufe in ihre Richtung. Nichts hält mich auf. Katie … Ich rufe mir unser Gespräch in dem schicken Lokal neulich ins Gedächtnis. Katie war richtig sauer, als ich ihr von meinen Sorgen wegen Tamara und Ro erzählte. Irgendwie befremdete mich das. Schließlich besprachen wir untereinander immer alle unsere Probleme und Nöte. ›Ich bin auch deine Freundin. Ich sitze dir gegenüber.‹ Das hat sie gesagt. Mit so einem zornigen Unterton in der Stimme. War es, weil … weil sie mir etwas erzählen wollte? Etwas … von diesem Mann?

Ich haste über das Pflaster, will die beiden im Gedränge nicht aus den Augen verlieren.

Dann hat Katie ihren Ohrring verloren und der Moment, in dem sie den Mut hatte, über diese Wende in ihrem Leben zu sprechen, war vorüber.

Katie und ich sind verwitwet. Ro geschieden und Tamara war nie verheiratet. Helen hat den Vater ihrer Kinder nicht geehelicht, unterhält eine lockere Beziehung zu ihm und leistet sich zusätzlich einen Liebhaber in Übersee. Männer waren durchaus ab und zu Thema in unserer Runde. Doch letztlich spielten sie nie eine wichtige Rolle in unseren Gesprächen.

Katie und der Mann biegen zum Josephsplatz ab. Ich

will ihnen durch die schmale Straße nicht folgen. Mag mir die Peinlichkeit gar nicht vorstellen, wenn Katie sich umdreht und …

Tränen schwimmen in meinen Augen, und ich weiß nicht, warum. Ich bleibe stehen, während die beiden weitergehen, nur aufeinander bedacht. Verliebt. Versunken in eine eigene Welt.

Es fängt wieder an zu regnen. Ich schaue auf meine Stiefel und habe das Gefühl, dass der Planet soeben in eine Unwucht geraten ist. Katie hat einen Freund. Was wird das mit uns Pfefferkuchenfrauen machen? Vor ein paar Tagen habe ich Katie eine Nachricht auf ihrem Anrufbeantworter hinterlassen. Sie hat sich seitdem nicht gemeldet. Gerade Katie, die mehrmals pro Woche ein Foto und eine Nachricht schickt oder kurz durchklingelt. Ist das jetzt vorbei? Muss ich sie fortan teilen mit einem Mann, in dessen Glanz unsere Freundschaft unsichtbar wird?

Der Boden bebt unter mir. Ich scheine allen Halt zu verlieren, fühle mich kalt, völlig leer. Nehme mein Handy aus der Tasche und rufe Tamara an. Besetzt. Versuche es bei Ro, lege aber auf, ehe sie sich meldet. Was soll ich sagen? Ich habe Katie mit einem Mann gesehen? Ich bin eifersüchtig? Fühle mich allein, isoliert, abgeschoben, in die zweite Reihe zurückgestuft? Wie albern kann eine erwachsene Frau eigentlich sein?

Das Handy klingelt. Ro.

»Hallo, Ro!«

»Ines, meine Liebe, du hattest angerufen?«

»Ich … ja, irgendwie hat das nicht funktioniert. Hast

du heute schon etwas vor? Sollen wir uns auf einen Kaffee treffen?«

»Morgen hätte ich Zeit. Heute muss ich auf Vincent aufpassen, meine Schwiegertochter hat einen Auswärtstermin.«

Siedend heiß fällt mir ein: Tamara und Stefanie sind zur Aussprache verabredet.

»Gut, dann morgen.«

»Hast du das auch gehört, diese Warnung wegen Blitzeis und Schnee?«

»Es ist Winter, Ro.«

»Weißt du noch, als Dietrich ganz klein war und ich im Winter bei eisglatter Straße gestürzt bin? Arm gebrochen, sechs Wochen Gips. Ohne deine Hilfe wäre ich wahnsinnig geworden.«

Ich erinnere mich ganz genau. Ein gebrochener Arm ist eine Katastrophe mit einem Baby. Aber für die Vergangenheit habe ich gerade keine Nerven. Ich will ins Telefon schreien: Ro, ich habe Katie mit einem Mann gesehen. Das war intim, zärtlich, besonders. Gerade noch gelingt es mir, eine Weiche umzustellen, all diese Worte für mich zu behalten, sie zu schlucken, in der Leere in mir zu versenken. Stattdessen sage ich:

»Sei vorsichtig, wenn du kommst. Wir treffen uns doch bei mir?«

»Natürlich. Bis morgen, Ines.«

Ich stecke das Handy zurück in die Tasche. Katie und der Mann sind nicht mehr zu sehen. Ich stehe da wie ein Fossil, versteinert, als hätte ich mich vor Jahrtausenden am Eingang zur Färberstraße festgesetzt.

20.

Der angekündigte Schneefall hat eingesetzt. Dicke, schwere Flocken fallen unaufhörlich. Im Radio heißt es, die Schule fällt heute aus, in der Stadt und im gesamten Umland. Dennoch brennen die Lichter in ›meiner‹ Schule wie jeden Morgen. Das Thermometer auf dem Balkon zeigt minus ein Grad an. Ich schicke Ro eine Nachricht mit der Bitte, vorsichtig zu sein, wenn sie zu mir kommt. Sie schreibt sofort zurück.

»Sowieso.«

Ich habe Angst um Ro. Ihre Gesundheit ist angegriffen. Die Sache mit den kränkelnden Nieren macht mir Sorgen, genauso wie die Tatsache, dass ihre Probleme schon länger bestehen. Sie hat sie einfach ignoriert. Den Kopf in den Sand gesteckt. Ob ihre Neigung, sich gerade jetzt exzessiv mit ihrer Kindheit zu beschäftigen, etwas mit ihrem Blutdruck zu tun hat? Mit ihren Schlafschwierigkeiten und dem Haarausfall? Beutelt sie die Erinnerung an die Missachtung durch ihre Mutter zu sehr?

Ich glaube, ich hatte eine schöne Kindheit. Mich suchen keine traurigen Erinnerungen heim. Bei mir hat das Chaos im Erwachsenenalter angefangen. Tamara hat mir einmal eine ungewöhnliche Resilienz bescheinigt. Weil ich trotz aller Krisen immer den Kopf über Wasser gehalten hätte. Vielleicht habe ich das gar nicht. Vielleicht bin ich eine Unterwasserfrau geworden, eine, bei der das meiste unter der Oberfläche geschieht. Mein Innenleben ist reich, doch was kommt davon an die Luft? So gut wie nichts. Natürlich spreche ich mit meinen Freundinnen über viele Dinge, die mich beschäftigen. Es ist nicht so, dass ich absichtlich mit allem hinter dem Berg halte. Sie kennen meine Verzweiflung und Trauer. Doch mir selbst kommt es vor, als wäre schon zu viel auf den Grund eines tiefen Sees gesunken. Zu viel Lebenserfahrung, Traurigkeit, Zorn. Krankheiten, von denen ich genesen bin, ohne zu wissen, dass ich sie hatte. Andere Dinge, von denen ich nicht einmal selbst etwas weiß.

Gestern allerdings ... da schien es mir, als würde ich selbst auf den Grund gezogen. Weil ich Katie mit einem Mann gesehen habe. Bin ich eifersüchtig? Missgönne ich ihr die Erfahrung, geliebt zu werden? Wünsche ich mir, an ihrer Stelle zu sein? Nie wieder wollte ich die Sklavin eines Mannes sein. Diejenige, die ihm den Rücken freihält, damit er alles vom Leben bekommt und ich die Brosamen.

Ich reiße die Balkontür auf und atme tief die kalte Luft ein. Langsam wird es hell, spät, es ist nach acht. Mein Handy meldet eine Nachricht. Helen. Sie hat weitere Artikel im Internet gefunden, die an der Integrität der Schwarz-Weiß-Künstlerin zweifeln. Vier Tage ist es her, dass wir die Vernissage besucht haben. Ich sollte Helen anrufen. Später, entscheide ich.

Sie kommt mir zuvor, ruft an.

»Helen, guten Morgen.«

»Hast du gelesen, was ich dir geschickt habe?«

»Noch nicht.«

»Ich sage dir, mit dieser Frau stimmt was nicht. Ich meine jetzt die im roten Hosenanzug. Erinnerst du dich?«

»Natürlich.«

»Die war schon einmal wegen Betrugs in den Schlagzeilen. Immerhin hat sie die Ausstellung kuratiert und ...«

»Und?«

»Ach, ich weiß auch nicht, warum ich mich deswegen verrückt mache, Ines. Das ist wie ein Mückenstich, diese Sache mit der Ausstellung. Juckt die ganze Zeit.«

»Niemand möchte hinters Licht geführt werden.« Obwohl es mir im Moment eigentlich gleichgültig ist. Ich glaube, es liegt daran, dass ich in einem Ausnahmezustand bin. Katie und der Mann. Immerzu schiebt sich dieses Bild vor mich, drängt sich auf.

»Lass uns morgen etwas zusammen unternehmen«, schlägt Helen vor. »In drei Tagen fahre ich in die Berge. Die haben mir eine Packliste zugeschickt. Liest sich wie die Anleitung zu einer Expedition zum K 2.«

»Du liebe Zeit.«

»Powerbank, Hüttenschlafsack, Hüttenschuhe, Grödeln. Ich musste im Internet nachschauen, was das ist. So was Ähnliches wie Steigeisen.«

»Meine Güte, Helen, worauf hast du dich da eingelassen?«

»Das frage ich mich gerade selbst.« Sie lacht trocken. »Du weißt: Ich liebe das Abenteuer.«

Wir verabreden uns für den nächsten Vormittag bei ihr. Dabei kommt mir eine Idee.

Ich könnte die Pfefferkuchenfrauen zu mir einladen. Noch vor Weihnachten. Heute ist der zwanzigste. Wir haben noch ein paar Tage. Katie würde kommen – sie wird doch kommen – und … ich kann nicht weiterdenken. Erwarte ich, dass sie eine Beichte ablegt? Wir sind Freundinnen, wir wissen alles voneinander, denke ich.

Oder wir wissen zu wenig. Wir meinen, uns gegenseitig zu kennen, aber da ist immer noch der tiefe See. Und all die versunkenen Dinge. Vor Kurzem habe ich einen Artikel darüber gelesen, dass in der Ost- und Nordsee Unmengen an nicht detonierter Munition, chemische und konventionelle, aus dem Zweiten Weltkrieg liegen. Eine Zeitbombe für die Fischerei, die Schifffahrt, die Lebewesen im Meer. Ich schließe die Balkontür. Es ist kalt geworden in der Küche. Können meine Blindgänger irgendwann hochgehen, nach so langer Zeit? Und was wird dann geschehen? Hat der Anblick von Katie mit einem neuen Liebhaber die Lunte entzündet? Ich ziehe den Kopf ein, als wartete ich auf die Detonation.

So fängt es an, wenn man verrückt wird.

Ich klatsche in die Hände. So geht das nicht. Ich muss etwas tun. Etwas kochen, für Ro.

In Nullkommanix bin ich angezogen, stecke Handy und Portemonnaie in die Manteltasche. Draußen liegt der Schnee wie ein weißer, weicher Teppich im Hof.

Noch wurde nichts geräumt. Die Schulkinder sind zu Hause geblieben und viele Eltern wahrscheinlich auch. Zurück im Homeoffice. Ich stapfe durch die Pracht, genießerisch fast. Ziehe als Erste meine Spur und muss lächeln, während ich mir vorstelle, wie Helen Grödeln an ihren Stiefeln befestigt.

Es ist ja nicht so, dass ich nicht genug Vorräte zu Hause habe, doch ich brauche die Bewegung, die Anstrengung. Den Kontakt wenigstens zur Kassiererin im Supermarkt. Die schaut erstaunt auf die eingeschweißte Hähnchenbrust, die ich auf das Band lege. Zusammen mit einem frischen Baguette.

»Gibt es wieder Huhn?«, fragt sie freundlich und zugleich ein wenig belustigt.

»Für meine Freundin. Sie ist krank. Huhn ist da …«

»Sie haben recht. Huhn ist da genau das Richtige. Nicht so schwer.«

Wir wünschen einander schöne Feiertage, »falls wir uns nicht mehr sehen«. Es geht also los. Der Countdown ist ausgelöst.

Zu Hause stelle ich die nassen Stiefel auf ein Stück Zeitung. Öffne eine Dose geschälte und gestückelte Tomaten in Saft. Hacke frische Kräuter. Schneide die Hähnchenbrust in schmale Streifen. Brate sie an, zusammen mit ordentlich Zwiebeln und Knoblauch. Ich weine von den Zwiebeln und fühle eine absurde Erleichterung. Als hätte mir ein Gemüse geholfen, einen Teil meiner Anspannung abzustreifen.

Bedächtig gebe ich die gestückelten Tomaten mitsamt ihrem Saft in die Pfanne. Würze. Lege den Deckel auf.

Ro liebt Hähnchen in Tomatensoße. Es ist drollig: Ihr Lieblingsessen koche *ich* ihr.

Als sie in der Tür steht, eine in Papier eingeschlagene Pflanze an sich gedrückt wie einen Säugling, ist ihr Gesicht rot von der Kälte. Auf ihrem Kopftuch und den Mantelaufschlägen sitzt Schnee. Ich umarme sie, nehme ihr den Topf ab, reiße das Papier weg.

»Danke, Ro, Mensch, ich liebe Weihnachtssterne.«

»Eben, deswegen.«

Mit der Familie war ich einmal auf den Kanaren. Unser Sohn wollte gern dorthin. Die überreiche Pflanzenwelt zog mich sofort in ihren Bann. Auf dem Mittelstreifen einer Schnellstraße blühten heckenweise Weihnachtssterne, Euphorbia pulcherrima, glühend rot unter der strahlenden Sonne.

»Dieses Jahr versuche ich, den Weihnachtsstern über den Sommer zu kriegen. Damit er nächstes Jahr wieder blüht.«

Ro sieht mich verständnislos an. »Warum? Jedes Jahr gibt es neue, Ines.« Sie wirft den Mantel über die Garderobe. »Meine Stiefel sind auch nicht mehr die besten. Ich habe ganz nasse Füße. Oh, was duftet das wunderbar hier. Hast du etwa …«

»Hähnchen in Tomatensoße.«

»Du versorgst mich so gut.« Tränen steigen ihr in die Augen. »Was würde ich ohne dich machen?«

»Unsinn. Lass uns essen. Ich decke nur rasch den Tisch. Mach die Weinflasche da auf, die ist von Leo.«

»Wie geht es ihm?«

»Ich habe noch nichts gehört. Fini möchte nicht

angerufen werden. Sie wird selbst Bescheid geben, wenn …«

»Verständlich, da meldet sich bloß jeden Tag ein Haufen Leute und will in allen Einzelheiten wissen, was los ist.« Mit geübten Handgriffen öffnet Ro die Flasche. »Chianti?«

»Leo sagte etwas von der Sonne Italiens. Und dass ich den Wein mit den Pfefferkuchenfrauen trinken soll.«

»Dann leeren wir beide jetzt diese Flasche.«

»Ich habe eine Idee, Ro. Ich möchte die Pfefferkuchenfrauen noch einmal einladen vor Weihnachten. Am 23.«

»Weil es nach Weihnachten kein Leben mehr gibt?«

Ich schneide das Baguette auf. »Katie hat einen Liebhaber!«

Es ist einfach so aus mir rausgeplatzt. Die Worte kann ich nicht mehr einfangen. Sie sind in der Welt.

Ro sieht mich amüsiert an. »Wirklich?«

»Ich war gestern in der Innenstadt, da habe ich sie gesehen. Katie und einen Mann. Sie waren so vertraut, Ro, gingen Arm in Arm …«

Ro nimmt zwei Weingläser aus der Vitrine und stellt sie auf den Tisch. »Lass uns essen.«

Während ich die Pfanne an den Tisch bringe und auf einem Untersetzer deponiere, frage ich mich, warum Ro so lässig bleibt. Als ginge sie das gar nichts an. Es bewegt sie nicht einmal besonders.

Wir prosten einander zu.

»Weißt du, die Liebe ist immer gut. Die richtige Liebe.

Katie war so lange allein. Kannst du dich noch erinnern, wie sie aus Ägypten zurückkam?«

»Wie nicht.«

»Sie hat ihren Mann vergöttert. Und er hat sie auf Händen getragen. So etwas hatte ich nie.«

»Ich auch nicht.«

»Stimmt nicht, Ines. Deiner lag dir zu Füßen.«

»Bis er eine andere hatte.«

Ro zuckt die Achseln. »Du hattest wenigstens für eine Weile diese Erfahrung, wie es ist, in den Himmel gehoben zu werden. Bei mir war das nie so. Eine Zweckehe. Wegen des Kindes.«

»Wie geht es Dietrich?«, frage ich vorsichtig.

Sie schnaubt. »Ich höre nichts von ihm. Soweit ich weiß, ist er immer noch in Neuseeland.«

»Selbst von dort kann man telefonieren.«

»Es würde reichen, wenn er seine Frau anruft. Stefanie will sich scheiden lassen, doch er reagiert nicht auf ihre Anrufe und Mails. Man kann juristisch irgendwas machen, wenn der eine Ehepartner sich totstellt und der andere die Scheidung will, doch das ist kompliziert und bestimmt nicht ganz billig.«

Sie nimmt sich eine Portion Huhn und ein Stück Brot. Ich tue es ihr gleich. Eine Weile essen wir schweigend.

»Tamara ist krankgeschrieben«, sage ich dann. Der Punkt ist, ich habe sie nicht mehr angerufen, seit sie mir vorgestern mitgeteilt hat, dass sie sich mit Stefanie treffen wollte. Ich war zu beschäftigt mit dem, was ich gestern in der Innenstadt …

»Hm«, macht Ro.

»Ro …«

»Weißt du, ich frage mich, was ich gemacht habe, dass Dietrich so ein vermurkstes Leben hat. Für ihn habe ich seinen Erzeuger ja überhaupt erst geheiratet. Damit er einen Vater hat. Den habe ich irgendwann nicht mehr ertragen, die Scheidung verlangt. Ich habe mir einen Kopf gemacht, dass ich die Familie zerstöre, doch unerwartet waren alle Beteiligten erleichtert. Ist Dietrich deswegen so missraten? Warum kann er nicht ein bisschen so sein wie Katies Sohn?«

Tränen schwimmen in ihren Augen. Umständlich kramt sie ein gelbes Taschentuch aus der Tasche. Eines aus Stoff. In ihrer Lieblingsfarbe. Das ich ihr von einer Reise mitgebracht habe.

»Ich denke, unser Einfluss als Mütter ist begrenzt«, sage ich leise. Lege meine Hand auf Ros Hand.

»Stefanie tut immer schön vor mir, aber hintenrum beschwert sie sich bei ihren Verwandten und Freundinnen über mich und redet schlecht. Nennt mich eine alte Hexe. Und dass sie mich loswerden will. Die sind alle Quasselstrippen, ihre Leute. Irgendein Echo kommt ja immer zurück, in der Stadt bleibt nichts lange geheim, und schwupp landete der Unrat bei mir.« Sie schnäuzt sich lautstark. »Der Kleine hat es auch nicht verdient, dass er ohne Vater groß wird. Vincent sieht Dietrich manchmal richtig ähnlich. Wenn er lacht, wenn er konzentriert spielt. Wie er mit der Zunge über seine Lippen leckt. Jedes Mal muss ich an meinen Sohn denken und dass ich ihn seit Jahren nicht gesehen und fast nicht gesprochen habe, und ich denke, was habe ich getan, dass er uns das antut. Diese Abwesenheit. Dieses Schweigen. Diese kalten Vorwürfe.«

Etwas in mir zieht sich schmerzhaft zusammen. Es tut mir weh, Ros Seelenqualen mitzuerleben und ihr keine Erleichterung verschaffen zu können. Zugleich sehe ich Stefanies magere Gestalt vor mir, wie sie im Kiosk an ihrem Matcha Latte nippte. Kann sie wirklich die Boshaftigkeit besitzen, Ro derart in den Rücken zu fallen?

»Es ist nicht deine Schuld«, sage ich.

»Wessen Schuld ist es stattdessen?«

»Es ist keine Frage von Schuld. Manches entwickelt sich einfach. Wir möchten es anders, können das Ruder aber nicht herumreißen.«

»Danke, dass du mich trösten willst, Ines.« Ro schaufelt mehr Huhn auf ihren Teller. »Ich hatte eine unglückliche Kindheit. Meine Eltern haben sich nicht geliebt. Ich hatte auch keinen Mann, den ich wirklich geliebt hätte. Und so hatte mein Sohn eben auch keine glückliche Kindheit.«

Ich will ihr den Schmerz nehmen und weiß, dass es nicht geht. Stumm gieße ich ihr Wein nach.

Sie nimmt das Glas in die Hand, betrachtet es nachdenklich.

»Darum, wenn Katie die Liebe gefunden hat … was Besseres könnte gar nicht passieren.«

21.

Es schneit nicht mehr. Gestern Nacht hat es aufgehört. Nun steht drei Tage vor Heiligabend eine fahle Sonne am Himmel und bestrahlt die weiße Pracht. Wintersonnenwende. Ab jetzt kann es nicht mehr dunkler werden. Sehr langsam, aber unaufhaltsam kommt das Licht zurück. Ich habe Ros Weihnachtsstern auf das Fenstersims gestellt. Ein roter Punkt vor monochromem Hintergrund.

Helen schickt eine Nachricht, schlägt vor, dass wir uns direkt bei dem Outdoorgeschäft treffen, wo sie einkaufen will, und schreibt die Buslinie dazu. Ich sende einen erhobenen Daumen zurück.

Guter Dinge laufe ich Richtung Haltestelle. Heute bin ich in Abenteuerlaune. Ich fahre zwar nicht in die Berge wie meine Freundin, doch ich erkunde neue Gegenden in meiner Stadt. Teste unbekannte Busstrecken aus, warum nicht? Ein Flugzeug im Landeanflug gleitet über mir durch den blauen Himmel. Es ist, als würde die Stadt langsam aus den Schneehaufen herausklettern. Die an der Straße parkenden Autos sind von weißen Hauben bedeckt. Ich erreiche die Bushaltestelle, wo der Bus gerade abfahren will, und winke. Der Fahrer wartet auf mich. Milde im Alltag – wahrscheinlich der Effekt der nahenden Weihnacht.

»Danke«, keuche ich, als ich einsteige.

Ich finde einen Sitzplatz und nehme mein Handy heraus. Ro war einverstanden, dass wir uns übermorgen treffen. Hat mich gleich festgenagelt. Ich soll bloß Katie nicht auf die Pelle rücken. Ro ist der Meinung, Katie wird schon selbst mit ihrer neuen Lebenssituation herausrücken.

»Wenn es so weit ist«, sagte Ro. Was auch immer das bedeutet.

Gestern Abend habe ich eine Nachrichtengruppe eingerichtet: @Pfefferkuchenfrauen. Ich habe die Mädels eine nach der anderen hinzugefügt. Erste Reaktion von Tamara:

Ich bin begeistert, dass du weißt, wie man das macht mit den Gruppen.

Inzwischen haben alle zugesagt. Ich scrolle durch meine Chats. Komme mir vor wie die jungen Leute, die ihre Augen nur noch auf dem Handy haben, während die Welt unerkannt an ihnen vorüberzieht. Zu spät fällt mir auf, dass ich die Haltestelle verpasst habe, die Helen mir genannt hat. Nervös stehe ich auf, warte an der Tür. Steige an der nächsten aus und laufe in Eile den Weg zurück.

Helen steht vor einem Geschäft und winkt mir zu.

»Ich habe die Haltestelle verschwitzt.«

»Macht nichts. Ich bin auch erst ein bisschen später gekommen.«

Wir umarmen uns.

»Also los«, sage ich fröhlich. »Ran an den Speck.«

Helen hält mir ihr Handy hin: »Schau, das brauche

ich alles. Grödeln, Hüttenschlafsack, Stirnlampe, Hüttenschuhe, Powerbank, eine Fleecehose. Den Rucksack habe ich zum Glück schon.«

Wir betreten das Geschäft. Eine junge Frau mit ganz kurzen Haaren kommt uns entgegen. Auf dem Namensschild an ihrem Sweater steht »Linda«. Freundlich bietet sie Hilfe an.

»Ich habe eine ganze Liste, die ich abarbeiten muss.« Helen beginnt vorzulesen.

»Das klingt nach einer Skitour.« Linda führt uns in den ersten Stock.

»Eigentlich wollen wir nur die Feiertage auf einer Hütte verbringen.«

»Wo fahren Sie hin?«

»Dresdner Hütte. Am Stubaier Gletscher.«

»Oh, es ist traumhaft dort!« Lindas Gesicht strahlt richtiggehend. »Die Lage ist absolut genial. Und das Haus ist ziemlich komfortabel.«

Linda läuft hin und her und bringt das Gewünschte. Die Stirnlampe ist einfach, Helen entscheidet sich für eine, die man an der Steckdose aufladen kann, um die Batterien zu sparen. Der Hüttenschlafsack macht auch keine Schwierigkeiten. Linda erklärt, warum Helen den braucht, und Helen wirft mir einen Blick zu, der besagt: Was für ein Wahnsinn, kann ich nicht einfach zu Hause bleiben?

»Das ist eine Investition fürs Leben«, mache ich ihr Mut.

»Als Hüttenschuhe können Sie irgendwelche Badeschlappen nehmen«, fährt Linda fort. »Weil Sie die Bergschuhe ja im Schuhraum lassen müssen. Schauen wir uns nach den Grödeln um.« Sie schleppt ein paar undefinierbare Konstruktionen aus Riemen und kleinen Zähnchen an. »Ich nehme an, Sie machen keine Gletscherwanderung oder queren ein Firnfeld?«

»Nein, überhaupt nicht.« Helen hat sichtlich keinen Schimmer, wovon die Rede ist.

»Dann würde ich Ihnen vierzackige Grödeln empfehlen. Die tragen auch im Rucksack nicht so auf. Sind nicht schwer. Und sie lassen sich an so gut wie jedem Wanderschuh befestigen.«

Helen atmet tief durch. »Ich habe nur diese Stiefel.« Sie hebt ein Bein. »Sehen Sie?«

Sie trägt mit Kunstpelz besetzte Stiefeletten, die einen leichten Absatz haben und mit einem Reißverschluss geschlossen werden.

»Hm.« Linda erklärt, dass sie da ein Problem sieht.

»Sie brauchen was Festeres. Einen Stiefel, der den Knöchel anständig umschließt und ein vernünftiges Profil hat. Wasserdicht ist. Immerhin steht die Dresdner Hütte auf gut 2.300 Metern. Selbst wenn Sie nur einen kurzen Spaziergang machen wollen, rutschen Sie mit Ihren Schühchen schnell aus.«

Sie hat tatsächlich »Schühchen« gesagt. Ich versuche, nicht in Lachen auszubrechen, als ich Helens Gesicht sehe. Linda saust bereits los, um Stiefel zu bringen.

»Das wird ein teurer Urlaub, Ines«, jammert Helen. »Keiner hat mir gesagt, dass wir für die paar Tage eine Spezialausrüstung brauchen.«

»Beklag dich nicht. Es kann nichts schiefgehen. Linda blickt durch.«

Schließlich verlassen wir das Geschäft mit zwei schweren Taschen, in denen zusätzlich zu den Sachen auf der Liste und den Bergschuhen noch Thermohosen, eine Hardshelljacke, zwei Paar Funktionssocken und winddichte Handschuhe verstaut sind.

»Ich glaube, ich kann auswandern. Rund um die Welt reisen. Was meinst du?« Helen lacht. Lindas Expertise hat ihr die gute Laune zurückgebracht. »Sag mir, was haben wir da jetzt ausgegeben?«

»Die Rechnung war ganz ordentlich.«

»Hat Spaß gemacht.« Helen schwingt die Einkaufstasche über die Schulter. »Und jetzt leisten wir uns einen Kaffee. Mit Schuss. Ich lade dich ein.«

Wir steuern ein Café an und suchen uns einen Platz am Fenster.

»Was für eine außerordentlich kompetente Verkäuferin«, fährt Helen in ihren Lobeshymnen fort. »Wahnsinn. Das ist eine Fachsimpelei! Als müsste man einem besonderen Club beitreten, wenn man ein paar Tage in den Bergen verbringen will.«

Wir bestellen, weil Shoppen hungrig macht, nicht nur Kaffee, sondern gleich ein ganzes Frühstück mit Omelette, Brötchen, Schinken, Käse und Obstsalat. Als das Essen kommt, stürzen wir uns darauf wie Habichte, die seit Langem keine Beute mehr gemacht haben. Ein wenig beneide ich Helen um die Aussicht, einen neuen Ort kennenzulernen. Ein Hauch Fernweh fliegt mich an und verpufft. Ich war nie die große Reisende. Habe mich am liebsten in vertrautem Terrain aufgehalten. Und bis auf das eine Mal auf den Kanaren haben wir als Familie auch nie in Hotels Urlaub gemacht. Lieber waren uns die Campingferien im Freundeskreis.

»Urlaub hat für mich meistens Mehrarbeit bedeutet«, sage ich nachdenklich, während ich meinen Obstsalat löffle. »Alles in Ordnung zu halten, vor allem, wenn das Wetter schlecht war ... die ganze Vorratshaltung, das Mitdenken, was gebraucht wird, die verdreckten Kleidungsstücke.«

Helen betrachtet mich nachdenklich. »Ich sag dir was, Ines. Ich nehme diese Hütte genau unter die Lupe. Und wenn die was taugt: Warum fahren wir beide nicht im Sommer für ein paar Tage hin?«

Verblüfft starre ich sie an. Es gibt im Augenblick nichts, was für mich so weit weg wäre wie Sommer.

»Ich meine, wenn man keine Grödeln, Thermohosen, Handschuhe und so weiter braucht«, fährt sie leichthin fort. »Allenfalls eine Sonnenbrille. Hm?«

Ich nicke. »Vielleicht.« Momentan genügt mir Helens frisch aufgeflammte Vorfreude. Ich stelle mir vor, wie sie ihre Sachen packt, all die neuen Dinge ausprobiert. »Du schreibst mir jedenfalls eine Nachricht und schickst ein Bild mit, ja?«

Sie zeigt mit ihrer Gabel auf mich. »Nicht nur eins. Das verspreche ich dir. Sag mal, was ist eigentlich mit diesem Eklat im Kindergarten geworden? Haben Ro und Tamara sich ausgesprochen?«

Ich seufze. Schaue auf meinen beinahe leergegessenen Teller. Öffne meinen Mund und rede. Wie Stefanie meinen Rat suchte und ich ihr Tamaras Nummer gab. Sie bat, sie solle sagen, sie hätte sie von Ro. Dass Tamara krankgeschrieben ist. Berichte von Ros Verzweiflung wegen Dietrich. Hole tief Luft.

»Und dann … habe ich vorgestern Katie mit einem Mann in der Innenstadt gesehen.« Ich erzähle und erzähle und sehe mir gleichzeitig von außen dabei zu, wie ich rede. Mit meinen Händen ausladende Gesten mache. Mir übers Gesicht wische. An meinen Haaren herumfummele. Es kommt mir vor, als schwebte eine zweite Ines über dem Tischchen in der Fensternische. Mein gestresstes Ich hat eine Komponente von sich abgespalten und zum Beobachter gemacht.

»Ines!« Helen legt ihre Hand auf meine. »Ines!«

»Was?« Die Vogelperspektive verblasst. Ich sitze wieder auf meinem Stuhl und schaue Helen an, die mich konzentriert betrachtet.

»Ich finde das toll. Dass sie jemanden gefunden hat.«

»Was, wenn er ein Betrüger ist? Ein Heiratsschwindler? Ein Drecksack?«

»Du traust deiner Freundin aber einen schlechten Geschmack zu.«

»Ich weiß nicht, Helen. Gönne ich ihr das Glück nicht? Oder habe ich nur Angst um sie?«

»Du hast Angst, sie zu verlieren. Das war schon früher so. Als wir blutjung waren und die ersten Freunde anschleppten. War das nicht der Moment, in dem jede von uns dachte: Jetzt bin ich abgeschrieben?«

Ich nicke.

»Doch auf lange Sicht hat sich nichts verändert. Freundschaften gehen nicht so leicht kaputt. Denk daran. Ro und Tamara werden sich wieder einkriegen.

In unserem Alter können wir es uns gar nicht leisten, Freundschaften zu zerstören. So leicht finden sich keine neuen Freunde. Ich meine, diese Leute, mit denen ich übermorgen in die Berge fahre, die habe ich auf einer Studienreise kennengelernt. Die sind alle nett und wir haben uns gut verstanden. Aber das sind keine Freunde. Dazu gehört mehr, Freundschaften nehmen an Wert zu, je länger sie dauern. So was schmeißt man nicht weg, nur weil …« Sie macht eine fahrige Handbewegung. »Verstehst du, was ich meine?«

»Natürlich. Mir würde es nie einfallen, eine Freundschaft einfach so auszumustern.«

»Eben. Bleib bei deiner Einstellung und sei offen für Katie, wenn sie mit der Wahrheit herausrückt. Mehr kannst du nicht für sie tun.«

Die Bedienung räumt unser Geschirr ab. Helen geht zur Toilette. Als sie zurückkommt, hat sie die heutige Tageszeitung, an einem Zeitungshalter befestigt, in der Hand.

»Jetzt schau dir das an.« Triumphierend knallt sie die Zeitung auf das Tischchen. »Sieh her. Sieh!« Sie blättert eifrig und schlägt mit der Hand auf eine Seite. »Bitte.«

Bekannte Kuratorin wegen Betrugs … derzeit auch eine Fotoausstellung in Nürnberg … mehrere Kenner der Materie äußerten in den Medien bereits Zweifel …

Ich überfliege den Artikel. Hebe den Kopf. Helen steht da wie ein Racheengel, die Wangen rot, Schweiß glänzt auf ihrer Stirn.

»Was habe ich dir gesagt? Was habe ich gesagt?«

»In dem Text wird von einem Anfangsverdacht gesprochen.«

»Pah! Pah! Ich sage dir was.« Helen setzt sich, senkt die Stimme und flüstert mir zu: »Noch bevor ich von diesem Gletscher wieder runter bin, hat der rote Hosenanzug eine Klage am Hals.«

22.

Tamara ruft an. Ich habe lang geschlafen, komme gerade aus der Dusche. Greife nach dem Telefon.

»Ja, Tamara?«

»Du wirst es nicht glauben!«

Mir schießt durch den Kopf, dass ihr Treffen mit Stefanie schon drei Tage her ist. Ich habe sie nicht gefragt, wie es lief. Ihr lediglich die Einladungsnachricht für morgen geschickt. Unpersönlich. Mit einer App. Während ich mich innerlich auf eine Beichte vorbereite, legt Tamara bereits los:

»Halt dich fest: Ich habe Ros Schwiegertochter tatsächlich getroffen.«

»Und, wie lief es?« Ich binde den Gürtel um meinen Bademantel fester. Fülle mit der freien Hand Wasser in den Kocher.

»Erstaunlich angenehm. Sie schien wieder mit beiden Füßen auf der Erde zu stehen. Entschuldigte sich für ihre Wortwahl und ihren Auftritt und das alles.« Ein Feuerzeug klickt.

»Das … hört sich gut an.« Ich habe immer noch ein schlechtes Gewissen, weil ich mich bei Tamara nicht gemeldet habe. Und irgendwie beschleicht mich das Gefühl, sie ist sauer deswegen.

»Sie hat es nicht leicht mit ihrer Schwiegermutter. Ro kann ein Drachen sein. Stefanie arbeitet Vollzeit, und ab und zu hat sie Termine, die so ungünstig liegen, dass sie Ro braucht, damit die den Kleinen nimmt.«

»Klar.« Das Wasser kocht, ich gebe Kaffeepulver in die French Press.

»Ro scheint sie spüren zu lassen, dass sie, also Stefanie, auf sie angewiesen ist. Also auf Ro«, verheddert sich Tamara.

Mir schießt durch den Kopf, was Ro mir vorgestern anvertraute: Dass Stefanie hinter ihrem Rücken schlecht über sie spricht. Sie als Hexe bezeichnet. Mein Magen zieht sich zusammen.

»Aber euer Zerwürfnis ist ausgeräumt?«

»Was heißt ›Zerwürfnis‹!« Tamara bläst Rauch ins Telefon. Fast habe ich den Eindruck, ich könnte ihn riechen. »Stefanie sieht davon ab, einen Anwalt dazuzuholen. Will mich und den Kindergarten nicht mehr verklagen, das ist vom Tisch. Außerdem hat sie sogar schon mit der anderen Mutter gesprochen. Mit der von Ted, du weißt schon.«

»Ja.« Ich gieße das Wasser auf den Kaffee und hole eine Tüte Milch aus dem Kühlschrank.

»Kochst du etwas?«, fragt Tamara neugierig.

»Nein, ich … ich bin heute spät dran. Habe gerade erst geduscht.«

»Oh, das tut mir leid.«

»Gar kein Problem, wirklich nicht, Tamara.«

»Also, ich fühle mich wie befreit. Alles Weitere muss meine Stellvertreterin in die Wege leiten. Ich bin bis zum Jahresende krankgeschrieben.«

»Wie … wie geht es dir wirklich?«

»Was meinst du denn damit: Dass ich simuliere?«

»Gott bewahre, du kennst mich doch.«

Tamara lacht. Vielleicht habe ich mich getäuscht und sie ist nicht sauer.

»Keine Sorge, ich komme morgen trotzdem zu unserem Treffen bei dir. Ich habe nämlich noch ein Hühnchen mit dir zu rupfen.«

Mir steigt Hitze ins Gesicht. Ich drücke die kühle Milchpackung gegen meine Wange.

»Wovon redest du?«, frage ich schwach.

Ich habe sie nicht angerufen, nicht nach Stefanie gefragt, nicht danach, wie es ihr geht. Ich habe ihr auch noch nicht von Katie erzählt. Ro weiß es – ob Ro Tamara angerufen hat und sie eingeweiht hat? Früher war das oft so. Wenn ich Ro anrief, und das Besetztzeichen ertönte, rief ich Tamara an. Bei der war auch besetzt. Dann wusste ich, die beiden telefonieren gerade miteinander. Was für ein Unfug, dieser unnütze Streit.

»Stefanie ist nicht durchtrieben genug, um funktionierende Legenden aufzubauen.«

»Legenden?« Meine Stimme zittert. Ich drücke den Stempel der Kaffeekanne nach unten. Ein wenig Kaffee schwappt aus der Tülle. Ich gieße mir eine Tasse voll. Verkleckere die Milch. Trinke einen Schluck und verbrenne mir die Zunge.

»Stefanie behauptete zuerst, Ro hätte ihr meine Nummer gegeben. Und so hätte sie mich auf dem Handy angerufen.« Tamara inhaliert tief. »Doch irgendwann während unseres Gesprächs«, sie bläst den Rauch aus,

»hat sie durchblicken lassen, sie hätte mit Ro seit Tagen nicht richtig gesprochen. Und meinen Namen dürfte sie gegenüber ihrer Schwiegermutter gar nicht erwähnen.«

»Tamara, wenn Stefanie und du euch einig seid, meinst du nicht, dass auch Ro den Konflikt entschärfen wird?«

»Das meine ich nicht.«

»Sondern?« Ich setze mich an den Tisch und starre in die Kaffeetasse. Mein Herz klopft heftig, doch es liegt nicht am Koffein.

»Ich meine, dass Stefanie meine Nummer nicht von Ro bekommen haben kann. Bleibst nur du.«

»Wieso ich?«, frage ich schwach. Ich hätte es längst eingestehen sollen. Wie dämlich, hinter Tamaras Rücken ihre Nummer weiterzugeben.

»Gibst du es zu?« Tamara lacht leise.

Ich knicke ein.

»Stefanie hat mich letztens im Hof abgepasst. Sie wollte meinen Rat, was sie tun soll. Sie wusste, dass sie sich in einem Netz aus … aus … ich weiß nicht was verstrickt hatte.«

»Natürlich, wer mit Anwälten droht und vor Hysterie nur noch kreischt, findet den Weg zurück nicht so ohne Weiteres. Aber wann dachtest du, mir davon zu erzählen?«

Ich hole tief Luft.

»Ich wollte in dieser Sache lieber keine Rolle spielen. Und wenn es Ro gewesen wäre, die Stefanie deine Nummer gegeben hat, wäre das nicht ein Anreiz für dich gewesen, auf sie zuzugehen?«

»Eigentlich sollte *Ro* auf mich zugehen«, knurrt Tamara. »Oder nicht?«

»Weiß sie denn mittlerweile, dass Stefanie einen Rückzieher gemacht hat?«

»Na ja, Rückzieher. Sie lässt sich momentan von der Vernunft leiten, nicht von ihren Emotionen.«

»Ro macht sich Vorwürfe. Dass ihr Sohn Stefanie und das Kind dermaßen hängenlässt, sieht sie als Konsequenz ihrer Erziehung.«

Es ist eine Weile still in der Leitung. Wir hängen unseren Gedanken nach.

»Danke, Ines. Es war eine gute Idee, dass du meine Nummer weitergegeben hast«, sagt Tamara schließlich.

Ich merke erst jetzt, dass ich die Luft angehalten habe. Langsam atme ich aus. Hebe den Blick und sehe zur Schule hinüber. Eine Lehrerin öffnet ein Fenster und blickt kurz hinauf in den kalten Himmel, bevor sie nach unten zur Hausecke schaut und zu schimpfen beginnt. Wahrscheinlich hat sie ein paar heimlich rauchende Schüler an der Hausecke entdeckt. Ihr Gezeter ist so laut wie das Krächzen der Saatkrähen, die von Zeit zu Zeit über die Häuser ziehen.

»Ich bin so froh, dass du mir nicht mehr böse bist.«

»Böse?«

»Morgen treffen wir uns ja, ich möchte nur, dass du weißt, dass … also, ich war vor ein paar Tagen in der Innenstadt und habe Katie mit …«

»Mit einem Mann gesehen.«

Die Lehrerin schießt noch eine letzte Verbalsalve ab, bevor sie das Fenster mit einem Knall zuschlägt.

»Woher weißt du das, Tamara?«

Sie schweigt. Mir schwant etwas.

»Hast du …« Vorgestern habe ich es Ro erzählt. »Hat Ro dich eingeweiht?«

Tamara sagt immer noch nichts.

»Ihr redet wieder miteinander?« Ich kann es nicht fassen. Meine größte Sorge in der letzten Zeit … hat sich alles in Luft aufgelöst? Ist der Streit, über den ich nachts so oft nachgrübelte, schlicht verpufft?

»Wir haben einen Anfang gewagt.«

»Wann hattest du gedacht, mich einzuweihen?«

»Spätestens morgen.« Ich höre das Lächeln in ihrer Stimme, höre am leisen Scheppern des Aschenbechers, wie sie die Zigarette ausdrückt. »Sitzt du?«

»Ja, warum?«

»Ich habe mich beworben. Bin angenommen worden. Ich mache die Busfahrerausbildung. Am 2. Januar geht es los.«

23.

Die halbe Nacht habe ich gekocht und gebacken. Was ich noch an Frischgemüse brauche, besorge ich rasch am frühen Vormittag. Der Verkehr ist unglaublich chaotisch, inzwischen hat jeder gemerkt, dass es ernst wird mit Weihnachten.

Zu Hause decke ich den Tisch, obwohl sie alle erst gegen Abend kommen, doch ich will vorbereitet sein. Von Abenteuerlaune keine Rede. Ich fühle mich angespannt und ängstlich. Was, wenn Ro und Tamara trotz des vielversprechenden Neuanfangs immer noch nicht miteinander reden wollen, wenn Katie und ich die Unterhaltung so lenken müssen, dass ... Dass was? Ich öffne den Kühlschrank. Das geschnetzelte Hühnerfleisch ist vorschriftsmäßig in Joghurt und scharfe Gewürze eingelegt. Der Nudelsalat muss nur noch um eine kleine Salatgurke in winzigen Schnipseln ergänzt werden. Soll ich noch Reis kochen? Ich mache die Kühlschranktür zu.

Heute ist *mein* Heiligabend. Ich werde Gesellschaft haben, mag sie auch kompliziert sein. Morgen hingegen werde ich allein sein. Eine Flasche Rotwein von Leo öffnen, ein Buch lesen. Ein Buch. Ich hätte mir in der Buchhandlung letztens einen Roman kaufen sollen, etwas sehr Umfangreiches, um möglichst lange Lesestoff zu haben. Stattdessen bin ich hinter Katie und ihrem Lover hergelaufen wie ein verlorengegangener Welpe. Wahrscheinlich fahre ich morgen Vormittag noch mal in die Innenstadt. Gar kein Problem. Ich brauche ja nichts Bestimmtes, kann mich in die Weihnachtsatmosphäre fallen lassen, sehen, wohin es mich treibt, ein Buch kaufen oder zwei. Eigentlich sollte ich anfangen, mein Singleleben zu genießen: keine Verpflichtungen mehr zu haben, vor allem nicht an Weihnachten, der Hektik und dem Getöse nicht auf den Leim zu gehen, einfach meinen Rhythmus zu leben. Seltsam, dass es mir nach Jahren noch so schwerfällt. Einsamkeit ist eine grausame Krankheit, etwas, wovon kaum Heilung möglich ist. Menschen wie Tamara lieben es, allein zu leben, andere, wie ich, halten es schlecht aus. Und Katie hat einen Ausweg gefunden. Obwohl sie mir gegenüber so oft angedeutet hat, wie gern sie nur mit ihrer eigenen Gesellschaft die Abende verbringt. Da hat sich wohl einiges geändert.

Ich richte die frisch gebackenen Pfefferkuchen auf einem bunten Teller an und decke ihn mit Frischhaltefolie ab. Schicke Helen eine Nachricht mit der Bitte, sich zu melden, wenn sie gut am Stubaier Gletscher angekommen ist. Sofort kommt ein Smiley zurück. Ich kenne wenige Menschen, die so zuverlässig 24 Stunden am Tag online sind.

Hungrig fische ich einen Pfefferkuchen unter der Folie hervor und beiße hinein. Es ist noch nicht einmal Mittag, und ich bin schon nervös. Aufgeregt wie ein Kind, das zum ersten Mal Freunde zum Kindergeburtstag einlädt. Diese Nachmittage waren für Kinder pures Glück, für die Mütter jedoch ein Alptraum. Ich erinnere mich, wie ich meiner Mutter im Alter von elf Jahren verbot, uns zu Spielen wie Topfschlagen oder Blinde Kuh aufzufordern. Mit meinen Freundinnen wollte ich unbedingt allein Ideen entwickeln. Sofort gerieten wir uns in die Haare. Ich kann gar nicht mehr sagen, was der Grund war. Ein falsches Wort, eine wütende Geste, im Handumdrehen gab es zwei rivalisierende Parteien, und der Streit ging los. Ich rannte weinend zu meiner Mutter und beschwerte mich bitter. Sie kam, schlichtete, und wir spielten Reise nach Jerusalem und Eierlaufen. Machten Würstchen heiß und futterten Kartoffelsalat dazu.

Gerade will ich noch einen Pfefferkuchen nehmen, als das Handy klingelt. Finis Nummer!

Augenblicklich habe ich einen Kloß im Hals. Angst schwemmt durch meinen Körper, ich will das Gespräch annehmen und will doch nicht. Will nichts wissen von dem Schrecklichen, was mich erwartet, wenngleich es nicht gesagt ist, dass es schrecklich wird. Der innere Kampf kann nur wenige Sekunden gedauert haben. Ich wische über die grüne Taste.

»Fini?«, rufe ich mit schriller Stimme.

»Er ist aufgewacht.« Fini lacht hysterisch. »Stell dir vor, Leo ist aufgewacht. Zwei verfluchte Wochen nach der OP!«

Ich habe Fini noch nie fluchen hören.

»Gott sei Dank, Fini! Wie geht es ihm?«

»Er ist schwach, aber bei Bewusstsein. Er spricht wenig, weil er müde ist. Er hat mich erkannt und mich gefragt, wie es mir geht. Kannst du dir das vorstellen? Die Höflichkeit in Person!«

»Ich bin so erleichtert.« Und das ist wahr. Die Panik, die mich eben noch vollständig im Griff hatte, scheint wie weggeblasen. »Was sagen die Ärzte? Wie wird es weitergehen?«

»Die pathologische Untersuchung hat ergeben, dass es definitiv Krebs ist.«

Die Panik kehrt um, nimmt erneut Anlauf.

»Nur ist diese Art Krebs für einen Mann in Leos Alter keine große Gefahr mehr. Sie haben ja alles weggeschnitten, was weg konnte. Meine Güte, Ines, ich bin so aufgeregt. Seit Wochen schlafe ich kaum, diese Höhen und Tiefen, jeden Tag neue Informationen, Dämpfer, die jede Hoffnung zunichtemachen. Und jetzt ist er aufgewacht!«

Sie verabschiedet sich, muss andere Verwandte und Freunde verständigen. Ich lege auf. Öffne das Fenster. Dieselbe Lehrerin wie gestern reißt gerade das auf ihrer Seite auf. Ich winke ihr zu.

»Fröhliche Weihnachten!«, ruft sie. Zeigt nach unten, an die Hausecke. Drei Schüler stehen da, die Kapuzen weit ins Gesicht gezogen. Rauch steigt auf.

Die Lehrerin zuckt die Achseln und schließt das Fenster.

Ich denke daran, dass Leo und ich, dass wir alle einmal solche Jugendlichen waren. Mit Träumen und Hoffnungen, Plänen, sinnlos geknechtet von Autoritäten und Schulen. So kam es uns vor. Letztlich war unsere Einstellung damals gar nicht so falsch. Man hatte uns eingehegt, und wir wollten uns befreien, das echte, unverfälschte Leben spüren. Nicht anders als jetzt! Nur dass wir uns mittlerweile selbst einhegen, in negativen Gedanken geradezu einsperren. Einfach nicht aus der immer gleichen Fahrrinne herauskommen, in der unser Lebensschiff treibt.

Kurz vor sechs klingelt es. Ro. Ganz eindeutig ihre forsche Art, auf den Klingelknopf zu drücken. Ich haste zur Gegensprechanlage, öffne die Tür. Tatsächlich, Ro fegt die Treppen herauf. Fällt mir um den Hals und drückt mir ein langes, schmales und recht gewichtiges Päckchen in die Hand.

»Weihnachtsgeschenk! Erst morgen aufmachen!«

Neugierig taste ich über das Papier.

»Lass das!«, befiehlt sie gebieterisch, während sie ihren Mantel aufhängt.

Schmunzelnd lege ich das Päckchen auf die Garderobe.

»Ich habe es ihr weitergesagt. Dieser Dame.«

»Du meinst Tamara? Was hast du ihr weitergesagt?«

»Dass Katie eine Affäre hat.«

»Ihr sprecht wieder miteinander.« Also ist es wahr. Selbst wenn Ro noch ein wenig den Schein wahren muss, indem sie Tamara nicht »Tamara« nennt, sondern »diese Dame«. Sei's drum. Es klingelt wieder, zweimal kurz hintereinander.

»Da kommt Tamara.« Ich lege den Kopf schief. »Ro, ich …«

»Ich weiß mich zu benehmen.« Ro reckt das Kinn und verschwindet in meiner Küche, wo sie sich auf ihren angestammten Platz fallen lässt und den Zeigefinger prüfend in die Erde mit dem Weihnachtsstern drückt.

Tamara kommt die Treppe herauf, in der Hand einen winzigen Weihnachtsbaum in einem Topf, mit einer bunten Lichterkette drumrum.

»Ich werde verrückt, Tamara! Wie süß!«

»Die Lichter sind batteriebetrieben«, verkündet sie, als wäre das ihre wesentliche Weihnachtsbotschaft. »Ist Katie schon da?«

Unwillkürlich senke ich die Stimme. »Nein, aber Ro!«

Sie wirft ihren Mantel über die Garderobe und marschiert in die Küche.

»Ro, meine Liebe!« Sie haucht ihr einen Kuss auf die Wange.

Ro nickt hoheitsvoll.

Damit ist der Streit beigelegt. Tamara entnimmt ihrer riesigen Tasche ein Zigarettenetui und steckt sich eine an. »Willst du?«

Ro, die eigentlich seit Langem nicht mehr raucht, greift zu.

Ich zünde die Kerzen auf dem Adventskranz an und entkorke die bereitgestellte Weinflasche. »Fini hat angerufen. Leo ist aus dem Koma aufgewacht.«

Beide jubeln und freuen sich und reden so laut durcheinander, dass ich kaum die Klingel höre.

»Da kommt Katie!«

Sofort wird es still in meiner Küche.

»Lasst euch nichts anmerken!« Ich eile zur Tür.

Katie steht strahlend vor mir, den Mantel über dem Arm, in der Hand eine Korbtasche. Auch heute trägt sie das grüne Kleid. Ich sehe ein neues Schmuckstück an ihrem Hals. Eine silberne Kette mit einem auffällig großen Anhänger.

»Ist das eine irische Harfe?«

»Ganz genau. Ein machtvolles Symbol der irischen Kultur – und leider auch ihrer Unterdrückung.« Katie schnuppert wie ein Hase. »Wie viele Raucherinnen hast du eingeladen?«

»Tamara und Ro sind schon hier.«

»Und?« Katies Stimme kiekst.

»Ich glaube, sie vertragen sich wieder.«

Lachend hakt sich Katie bei mir unter. »Etwas anderes hätten wir beide auch nicht zugelassen, oder?«

Sie zieht mich in die Küche, umarmt erst Ro, dann Tamara, und ruft: »Mädels, es gibt was zu feiern. Ich sehe, ihr habt schon den Wein geöffnet. Vorher aber gibt es Champagner!«

Aus der Korbtasche zaubert sie eine Flasche Moët & Chandon hervor.

»Um Himmels willen, Katie, hast du im Lotto gewonnen?« Ro guckt verblüfft auf die Flasche.

»Iwo, ihr wisst, ich gewinne nie etwas. Pech im Spiel, Glück in der Liebe.« Sie reicht mir die Flasche. »Machst du die mal auf, Ines?«

Während ich mit dem Korken beschäftigt bin, reicht Katie ihr Handy herum. »Ta-da. Das ist er. Anton. Zwischen uns ist es ernst.«

Ro beginnt zu husten. Sie drückt die Zigarette aus. »Anton wer?«

»Tut doch nicht so!« Katie lacht. »Ines hat uns vor ein paar Tagen in der Stadt observiert. Stimmt's, Ines?«

Der Korken schießt mit vollem Karacho aus der Flasche und knallt an die Decke. Eine Champagnerfontäne sprudelt hinterher. Tamara reagiert blitzschnell, hält mir die Gläser hin.

»Du hast zwar so getan, als würdest du uns nicht sehen, aber ich verzeihe dir.« Katie zieht mich kurz an sich. »Du warst unter Schock, das hat man gemerkt. Allerdings gehe ich davon aus, dass du den beiden hier längst Bericht erstattet hast, was?«

Schuldbewusst ziehe ich den Kopf ein. Ro erlöst mich, sie greift sich ein Glas, erhebt es feierlich: »Es scheint, dass uns das neue Jahr einige Überraschungen bringen wird. Merk dir das, Katie: Unter einer Hochzeit machen wir es nicht. Von wegen Verlobung und so ein übervorsichtiger Kram: Wir wollen das ganz große Fest!«

24.

Mein Handy weckt mich. Ich wälze mich zur Seite, greife danach, es fällt runter. Ich taste ein paar Momente lang über den Boden, ehe ich das Gerät finde. Helen hat Fotos von einem Winterwunderland geschickt. Blauer Himmel, schneebedeckte Gipfel, eine verschneite Berghütte. Sie selbst strahlend in den neuen Outdoorsachen: Hardshelljacke, Thermohose, Stiefel. Ich muss unwillkürlich lächeln, schicke ihr einen Kussmund zurück mit dem kurzen Satz:

Leo aus dem Koma erwacht.

Lasse mich zurück in die Kissen sinken. Heute ist also Heiligabend. So heilig kommt mir das ganze Weihnachtsfest gar nicht mehr vor. Denn gestern haben wir es richtig krachen lassen, wir Pfefferkuchenfrauen. Haben auf Gott und die Welt getrunken, bis spät am Abend ein ums andere Mal unsere Gläser erhoben. Uns über die wiedergewonnene Freundschaft gefreut. Ro sprach zwar nicht viel mit Tamara, doch zum Abschied legte sie ihr kurz die Hand auf die Schulter. Sie ging zu Fuß nach Hause, während Katie und Tamara sich ein Taxi teilten.

Helen schreibt zurück:

Ich bin so froh. Fröhliche Weihnachten.

Ich bin überglücklich. Und zugleich erschöpft. Erst gegen ein Uhr war ich mit dem Aufräumen fertig. Setzte mich mit einer Tasse Tee ans Fenster und sah in die dunkle Nacht hinaus. Zwei Tage nach der Wintersonnenwende machte sich in mir die absurde Gewissheit breit, dass das Licht bereits zurückkehrt. Es wird noch eine Weile dauern, bis es spürbar ist, aber es wird kommen.

Langsam stehe ich auf. Die Küche sieht aus, als wäre nichts gewesen. Der Tisch ist abgewischt, das Geschirr gespült und weggeräumt. Ich setze Kaffee auf, blicke aus dem Fenster. Trübes Licht wabert zwischen den Häusern umher, wie giftiger Dampf direkt aus der Unterwelt.

Katie wird vielleicht heiraten. Noch ist allerdings nichts ausgemacht. Womöglich will sie lieber im Ungefähren bleiben, sich nicht mitreißen lassen von einem Gefühl, das schwinden könnte. So hat sie es uns dargelegt. Katie ist schon so lange Witwe, sie hat ihre Unabhängigkeit schätzen gelernt. Obwohl Ro eine Hochzeit wünscht, hat Katie ihre eigenen Vorstellungen. Natürlich hat jede von uns den Gedanken durchgespielt: Was wäre, wenn ich auch jemanden finde, mit dem ich leben will? Dem ich vertrauen kann? Für den ich der wichtigste Mensch im Leben bin?

Ich gieße großzügig Milch in meinen Kaffee. Für mich bin ich selbst der wichtigste Mensch in meinem Leben. Das musste ich schmerzhaft lernen. Ich will keine Egoistin sein, die nur ihre eigenen Ziele durchpeitscht, ohne Verständnis für andere. Aber ich will mich auch nicht mehr an einen anderen Menschen anpassen, der ebenso festgefahren ist wie ich. Katie sagte gestern, sobald die Kinder aus dem Haus sind, nimmt man sich selbst wieder ernst. Dann schaute sie schuldbewusst zu mir. Mein Sohn ist für immer aus dem Haus. Nicht mehr erreichbar, fort, erloschen, wie nie dagewesen. Nur noch eine Erinnerung, die an manchen Tagen erstaunlich blass wirkt. Aber *ich* lebe ja noch.

Ich rücke Tamaras winzigen Weihnachtsbaum in die Mitte vom Tisch, mit einem Klick schalte ich die Lichterkette an. Kitschig, all die bunten Lämpchen. Und auch schön. Widersprüchlich, wie das meiste im Leben.

Das Telefon klingelt. Es ist Ro.

»Ines, bist du schon wach?«

»Sicher.«

»Meinst du, Tamara hat den Job im Kindergarten hingeschmissen, weil ich sie geschnitten habe?« Sie klingt nach Zerknirschung und durchwachter Nacht.

»Ich denke nicht, Ro. Ich glaube, sie braucht noch einmal einen Neuanfang.«

»Als Busfahrerin! Sie hat nicht mal ein Auto.«

»Das muss nichts heißen. Ich hatte den Eindruck, die Aussicht auf etwas anderes belebt sie.«

Ro hustet. »Diese verdammten Zigaretten.«

»Fang mir bloß nicht wieder an mit dem Quatsch. Du hattest aufgehört.«

»Das war eine Friedenszigarette, Ines. Nichts anderes.«

»Versprich mir, dass du deinen Blutdruck kontrollierst und deine Tabletten nimmst!«

»Verlass dich auf mich.«

Wir schweigen eine Weile.

»Heute Nachmittag gehen Stefanie, Vincent und ich zusammen in die Kindermette. Nachher feiern wir bei mir. Möchtest du nicht dazustoßen?«

Ich muss lächeln. »Das ist lieb, Ro, aber nein.«

»Habe ich mir gedacht. Was denkst du über Katie?«

»Sie ist glücklich, das ist es, was zählt.«

»Bist *du* glücklich?«

»Ich bin froh, dass Leo es geschafft hat. Wenigstens für den Moment.«

»Ich sag dir was: Es ist immer alles für den Moment. Melde dich, wenn du was brauchst, ja? Und danke für gestern. Es war wunderbar. Wie in alten Zeiten.«

Wir legen auf. Alte Zeiten … So lange sind die nicht her, die alten Zeiten, denke ich. Es ist nur Ro, die mit ihrem abstrusen Zorn auf Tamara die Voreinstellungen geändert und das ganze System unserer Pfefferkuchenfreundschaft durcheinandergebracht hat. Dabei fällt mir ein, dass ich ihr Geschenk noch gar nicht ausgepackt habe. Ich will zur Garderobe eilen, als das Telefon erneut klingelt. Eine unbekannte Nummer.

Zurückhaltend melde ich mich mit einem kurzen: »Ja?«

»Tante Ines? Hier ist Sina.«

»Hallo, Sina.« Überrascht setze ich mich wieder an den Küchentisch. »Frohe Weihnachten.«

»Möchte ich dir auch wünschen. Deswegen rufe ich an. Und dass ich dir echt dankbar bin.«

»Dankbar?« Ich muss an die Rezepte denken, die sie unbedingt veröffentlichen wollte. Habe ich eine

Zusage gemacht, an die ich mich nicht erinnere? Etwas im Unklaren gelassen?

»Ja, wirklich, es ist ja höchste Zeit geworden, würde ich sagen.«

»Höchste Zeit?«

»Dass sich was verändert. Tante Tamara war so lange unglücklich in ihrem Beruf. Wenn du nicht gewesen wärst …«

»Ich?«

Ein paar Atemzüge lang ist es still in der Leitung.

»Na ja«, sagt Sina schließlich. »Mir hat sie erzählt, dass du sie ermutigt hast, die Busfahrerausbildung bei der Stadt zu machen. Die suchen dezidiert nach Frauen, auch etwas älteren. Versteh mich nicht falsch.«

»Ich habe ihr einfach nur davon berichtet. Ich hatte die Information aus dem Internet und dachte, Tamara …«

»Was?«

»Nun, dass sie deswegen aus dem Gleichgewicht war, was ihren Job angeht, weil Ro Front gegen sie gemacht hat.«

»Ach woher, das geht schon länger so. Sie mochte die Arbeit mit den Kindern, aber die Bürokratie ist ja wie Krebs, immerzu kommen neue Vorschriften, zusätzliche Dokumentationspflichten, Formulare hier, Regeln da … das hat sie richtig runtergezogen.«

»Ich habe davon nichts bemerkt.« Wenn Tamara nichts gesagt hätte, neulich, im Einkaufszentrum …

»Sie hat es für sich behalten. Nach außen hin ist meine Tante immer ruhig, freundlich, zugewandt. Bloß innendrin, da kann es richtig stürmisch werden.«

»Sie hat einfach nichts rausgelassen«, sage ich lahm.

»Wer packt schon wirklich aus, oder, Tante Ines?« Sina seufzt. »Ich bin im Verlag auch nicht so zufrieden, wie ich es gern wäre. Bis zum neuen Jahr habe ich Urlaub. Abstand gewinnen ist das Mittel der Wahl. Also, ich wünsche dir schöne Feiertage und einen guten Rutsch und alles erdenklich Gute für dich!«

»Danke, Sina. Für dich auch.«

Wir legen auf. Ich stütze mein Kinn in eine Hand. Ist das wahr? Hat Tamara seit Langem mit einer einschneidenden Entscheidung gerungen? Ich betrachte die bunten Lichter am Weihnachtsbäumchen. Mein Kaffee ist kalt geworden. Und Ros Geschenk fällt mir ein!

Ich hole das Päckchen von der Garderobe. Das längliche Format ist mir gestern bereits aufgefallen. Unversehens habe ich eine Vorahnung. Noch im Gehen reiße ich das Papier ab. Eine Schachtel kommt zum Vorschein, gut mit Tesa verklebt, ich brauche ein Messer, um mich vorzuarbeiten. In eine Luftpolsterfolie ist etwas Blaues eingewickelt …

»Ro, du verrücktes Huhn!«, entfährt es mir.

Ich packe die Karaffe aus. Sie ähnelt der, die Ro vor ein paar Wochen von meinem Tisch gefegt hat. Sofort wähle ich ihre Nummer.

»Ja, Ines?«, kommt es aus dem Hörer.

»Du bist ein Unikum. Wie konntest du genau so eine Karaffe finden?«

»Stefanie hat mir geholfen. Wir haben sie im Internet bestellt.«

Sieh an.

Ro redet schon weiter: »Und sag jetzt nicht, es wäre nicht nötig gewesen. Ich weiß, wie gern du diese Farbe hast. Wenn ich das nächste Mal bei dir bin, tun wir Wein rein, nicht Wasser.«

»Danke, Ro.«

Ich spüle die Karaffe aus und fülle sie mit Wasser. Berühre behutsam das kühle Glas. Die alte Karaffe hatte mein Mann mir geschenkt. Vor langen Jahren. Bevor alles begann. Die Affären. Und schließlich der Unfall. Ich atme ein paarmal tief durch. Meine Familie ist fort. Sie war nur ein kurzes Kapitel in der Geschichte meines Lebens.

Draußen dringt Licht durch den Dunstschleier. Vielleicht schafft es die Sonne, sich durch die Schichten an Feuchtigkeit zu kämpfen? Ich trete auf den Balkon. Die Schule liegt still da. Keine Jugendlichen, die die Hausecke als letzten Winkel der Freiheit nutzen, um eine zu rauchen. Keine Lehrerinnen, die sie davon abhalten müssen. Der Verkehr allerdings schwillt minütlich an. Die große Weihnachtshektik bricht aus. Nur noch heute einkaufen, dann zwei Tage nicht. Ich muss lächeln. Das Leben kennt seltsame Rhythmen. Ein riesiger Bus donnert vorbei. Ich schätze, sobald Tamara Busfahrerin ist, werde ich, sooft es geht, mit dem Bus in der Stadt herumfahren. Viertel entdecken, in denen ich noch nie war. Meine kleinen Abenteuer leben.

ENDE

Katinka Palfy ermittelt:

1. Fall: Maskenspiel
ISBN 978-3-89977-636-2

2. Fall: Kirchweihmord
ISBN 978-3-89977-643-0

3. Fall: Fratzenmond
ISBN 978-3-89977-675-1

4. Fall: Käfersterben
ISBN 978-3-89977-681-2

5. Fall: Schockstarre
ISBN 978-3-89977-710-9

6. Fall: Januskopf
ISBN 978-3-8392-0141-1

7. Fall: Pfeilgift
ISBN 978-3-89977-756-7

8. Fall: Spinnefeind
ISBN 978-3-89977-782-6

9. Fall: Rosenfolter
ISBN 978-3-8392-1275-2

10. Fall: Zuträger
ISBN 978-3-8392-1685-9

11. Fall: Dohlenhatz
ISBN 978-3-8392-2048-1

12. Fall: Kreidekreis
ISBN 978-3-8392-2229-4

13. Fall: Angeschwärzt
ISBN 978-3-8392-2523-3

14. Fall: Rhöner Nebel
ISBN 978-3-8392-2589-9

15. Fall: Die Cranach-Verschwörung
ISBN 978-3-8392-0120-6

16. Fall: Wilde Wut
ISBN 978-3-8392-0660-7